新潮文庫

そこに君がいた

辻　仁成著

新潮社版

目次

装画・挿画　新妻久典

そこに君がいた

平和町山賊団

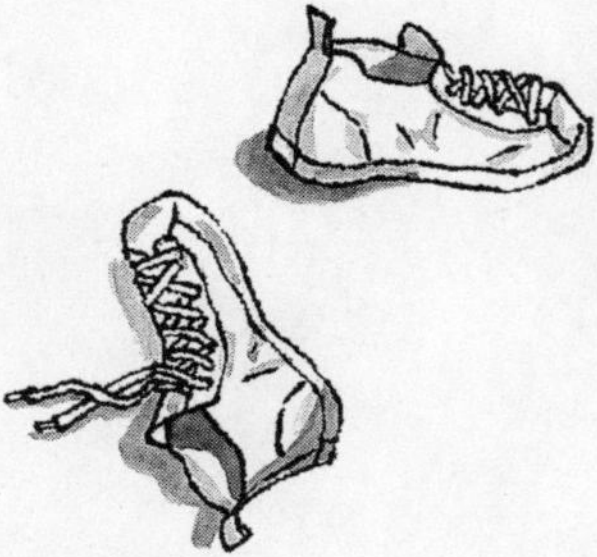

その一

いつもそこに君がいた。君がいたから僕がいた。そして僕がいたからきっと君がいたんだろう。僕は小学生の頃、福岡で暮らしていた。

父親は保険会社に勤める会社員だった。平和町というところにその社宅はあった。三階建ての建物で、全部で十二世帯入っていた。同世代の子供たちが何人かいて、いつもみんなでつるんで遊んでいた。

僕はがき大将で、年少の子供たちを率いていた。とにかく僕はワルだった。ワルいことが大好きで仕方がなかった。ワルさをして大人たちを困らせたくて仕方がなかったのだ。ここに僕がいるんだ、ということをみんなに知らせたくて仕方がなかったのだと思う。今日はどんなワルさをしてやろう、といつも目をぎらぎら輝かせて歩いていた。

そんな僕を中心に、平和町山賊団は結成されたのだった。隣に住むヨー君。僕んちの二階に住むやっちゃん。ヨー君の家の隣に住む藤田君とミカちゃん。そして僕の弟のツネちゃんである。

平和町山賊団の縄張りは社宅のすぐ隣に鬱蒼《うっそう》とある渡辺別荘から、西高宮小学校を越え、西日本放送のテレビ塔の辺りまでと、かなりの広範囲に及んでいた。で、山賊団に与えられた使命はもちろん、社会の転覆であった。ぐふふふ。

幼かった僕たちは、とにかくワルいことをして、大人たちをあっと驚かせたくて仕方がなかった。そして暴走族がそうであるように、自分たちの存在を世の中に顕示したかったのだ。ここに僕たちはいるんだぞー、と訴えたかったのである。

そこで、ワルの代表辻仁成少年は、いろいろと悪事を計画し、平和町山賊団を操っては、世界制覇の野望を胸に、次々と悪事を実行していくのであった。

当時、テレビでは鉄腕アトムとか、鉄人28号などのSFマンガが大流行していた。そこに登場する悪者たちは、必ずテレビジャックというのをやった。みんながテレビを見ていると、突然、番組が中断されて、画面に悪者が現れるのである。そして、これから社会をめちゃくちゃにしてやるぞ、とお茶の間に向かって宣言するのだ。

家族でテレビを見ている時は、いつもどきどきしていた。今、この瞬間、テレビジャックが行われて、鼻の尖《とが》った悪者が登場し、世界制覇を宣言しないものか、と。

テレビの前で悠然としている父さんが撥《は》ね起きて、

「えらいこつになったたな、母さん」

と騒ぎ立てやしないか、と想像を膨らませていたのだった。

残念ながら、そんなことは現実には起こらなかった。だから僕はまず、それを起してみたい、と考えたのだ。平和町山賊団の最初の大仕事であった。

僕はまず、山賊団全員に、家から物干しを持ってくるように、と命じた。鉄で出来た折り畳み式の物干しでなければならない。

「そんなんでなにをするの？」

と隣のヨー君が言った。本名はヨウジ君と言ったが、みんなにヨー君と呼ばれていた。

ヨー君は少しませていた。東京生まれなので博多弁は話さなかった。お父さんとお母さんは青山学院大学を出ていた。だから、ヨー君はかっこいいのよ、と僕の母さんは訳の分からないことをよく言っていた。青山学院大学イコールかっこいい、というのは、当時僕の中で定説となった。

「タオルば干す、鉄で出来た、こげん開くやつがあろうが」

僕は必死で……物干しを説明した。子供たちはまだ幼く、理解するまでに時間がかかったが、取《と》り敢《あ》えず、山賊団長である僕には逆らわず、一同は家に走った。

かくして、社宅中の……物干しが社宅の庭に集められた。僕は針金を使ってそれらを組合わせていった。

「ヒトちゃん、なんばしようと」

二階に住むやっちゃんが言った。やっちゃんはおでこが広く、可愛《かわい》らしい子供であった。デコちゃん、とあだ名されていた。

「またへんなことしとると、怒られるが」

いつだって用心深く、人一倍正義感の強い藤田君が言った。藤田君はお父さんにそつくりだった。ハンコとあだ名されていた。

僕が作っていたのは、電波妨害機であった。まだテレビジャックが出来るほどの高性能な機械は作ることができないことは分かっていた。でも、取り敢えず、テレビやラジオの電波を妨害することくらいは出来るだろう、と考えたのである。

「電波妨害機？」

みんなは大声を張り上げた。

「しっ。静かに。大声を張り上げたらいかん」

すごいね、と言ったのは一番年少のミカちゃんだけであった。ヨー君にいたっては、ふん、と鼻で笑っていた。

僕は……物干しを組み合わせて巨大な円形の物体を作った。理科の授業で習ったパラボラアンテナを真似《まね》ていた。次第にそれらしい形になっていくと、藤田君が、ヒトちゃん、やめよう、そげん危険なこと、と騒ぎだした。

「ダメくさ。ここまできたら、もう後へは引き下がれんったい。今こそ、我等の力を示す時がきたっちゃなかかね」

僕はそう言うと、ポケットから銅線と単一乾電池を二つ取り出してみせた。一同が動揺しているのが伝わってきた。銅線を物干しの先端に取り付け、プラモデルから取り外してきた電池ボックスに電池を入れて、電波妨害機は完成した。

「諸君」

と僕は高らかに宣言した。太陽はすっかり渡辺別荘の向こうに沈みはじめていた。夕焼けがとても綺麗《きれい》だった。

「このスイッチば押すと、妨害電波が発信されることになるったいね」

すごかね、と言ったのはミカちゃんだけであった。ヨー君は髪形を直していた。やっちゃんはにこにこ微笑《ほほえ》んでいた。藤田君は眉間《みけん》に皺《しわ》を寄せていた。ツネちゃんは、尊敬の眼差《まなざ》しで僕をじっと見上げていた。

「それを押すと、どうなると？」

ツネちゃんは言った。

「さあ、どのくらいの効果があるかしらんっちゃけど、少なくとも福岡市内の半分くらいのテレビが使用不可能になるったい」

すごかね、とミカちゃんが唸《うな》った。

「じゃあ、みんなは家に帰ってテレビをつけてみてん。僕はここで機械は操作するけん」

一同は家に戻った。僕は社宅の庭で一人、世界を相手に興奮していた。そのスイッチを押せば、世界は転覆するのだ。社宅中から集められた……物干しが恐竜の骨のように地面で丸くなっていた。壮観であった。みんながテレビの前で腰を抜かしている絵を想像しながら、僕はスイッチをおした。その瞬間、僕の頭の中で確かに、世界中のテレビが使用不可能になったのだった。

一分が過ぎ、十分が過ぎても、誰もベランダから顔を出さなかった。三十分が過ぎた頃に、ツネちゃんが、ベランダから身を乗り出して、

「アニキ、ご飯だって」

と叫んだ。

「え、なんて？」

「母さんがご飯食べなさいってよ」

僕は、テレビはどうなっとう、と叫んだ。

「普通」

と声が返ってきた。母さんが奥から顔を出した。

「そこで何しようと」

僕は電波妨害機が見つかるのはまずいと思い、隠そうとしたが、大きすぎた。

「また悪さしとるとやろ。なんなそれは」

「なんでんなか」

するとツネちゃんが、アニキは凄《すご》いとよ、世界制覇を考えてから、電波妨害機ば作ったとよ、と言った。母さんはベランダから物干しが消えてなくなっていることに気がついた。

「ヒトナリ！」

僕がその夜、両親に大目玉を食らわされたことは言うまでもない。母さんは僕を引き連れて、各家を回り、物干しを返していったのだった。

かくして平和町山賊団の最初の野望は失敗に終わった。しかしこの野望は未来へと繋《つな》がることとなる。僕は小学校六年生の時に転居先の北海道で電話級アマチュア無線の免許を取得することになるのだ。それから僅《わず》かに三年後のことである。

僕が国から与えられたコールナンバーはＪＡ８ＰＧＺであった。

『ハロー、ＣＱＣＱ、こちらはジャパン、アルファ、ナンバー８、パパ、ゴルフ、ザンジバル。ＪＡ８ＰＧＺ、何方様《どなたさま》か、コンタクトお願いします』

初めての国家試験だったが、そこで僕は電波法を学んだ。電波妨害がどんなにいけないことかも、よく学ぶことになる。

その二

最初の世界制覇の野望が挫《くじ》けても、僕等平和町山賊団は決して怯《ひる》むことはなかった。とにかく大人たちを驚かせ、世界を転覆してみせるのだ、と宣言しつづけていた。社宅の庭に穴を掘った。

すでに直径二メートル、深さ一メートルもの穴を子供たちは掘っていた。僕は地下秘密基地を作らなければならない、と思い込んでいたのだった。

「ヒトちゃん、今度はなんばすっと」

藤田君は泣きそうな顔で訴えた。社宅中のスコップが集められていたことは言うまでもない。僕は、

「地下秘密基地」

と宣言した。勿論、穴凹《あなぼこ》をじっと眺めていたミカちゃんだけが、すごか、と唸った。穴の中で土を掘っていたヨー君は、ため息をこぼした。

「よかか。平和町山賊団の本拠地ばつくらんないかん。作戦会議ばしたり、秘密の裁判をしたり、秘密の法律を作ったりする基地ば作ると。大人たちに絶対に見つからん僕等だけの秘密のアジトば作るとよ」

アジトというききなれない言葉に一同は酔いしれていた。ませていたヨー君は逆に、アジトという言葉を知っていただけに、今回の作戦にロマンを感じたようであった。

「アジトか、かっこいいね」

アジト、アジト、とミカちゃんが言いながら飛び跳ねた。

僕は前の晩、親の目を盗んでこっそりと書いた秘密基地の設計図をみんなに見せた。その穴は社宅の地下を縦横無尽に走り回っていた。ところどころに大きな空間を作り、会議室や、弾薬庫や、宿泊施設までが用意されていた。僕等の夢はその一枚の設計図を前にいっそうふくらんだものだ。

「それぞれの家から缶詰やら、お菓子やら、毛布やら、歯ブラシやらば盗んできて、ここに備蓄するとよ」

備蓄という言葉はまだヨー君も知らなかった。僕は備蓄という言葉の意味を全員に教えた。ビチク、ビチク、とミカちゃんははしゃぎつづけた。

「よかな。この空間に集めたものを備蓄しとくったい。そうすれば、もしも大人たちと戦争になったとしても、何年かはこの中だけで生活ができるやろ」

やっちゃんと藤田君が唸った。弟のツネちゃんは、さすが、アニキ、と手を叩《たた》いた。考え事をしていたヨー君が今度はぽつりと、

「つまり、これは核シェルターにもなるんだね」

と言ったから、一同は新たに登場した言葉に身構えた。ヨー君が核シェルターというものの存在について語りだした。当時はまだ冷戦の時代であった。アメリカとソビエトがいつか戦争をはじめるのではないか、と父さんと母さんが話しているのを僕も聞いたことがあった。

「広島を破壊した核爆弾が今日福岡に落とされる可能性がないとは言えないって、パパが言っていた」

ヨー君のお父さんは青山学院大学を出ていた。正直に言えば、僕は核シェルターという響きよりも、ヨー君の言葉遣いの方に耳を奪われてしまっていた。可能性がないとは言えないって……。僕は復唱した。可能性がないとは言えない。なんて都会的な響きであろう。

「じゃあ、可能性がないとは言えんってことは、可能性があるってことったいね」

ヨー君は真剣な顔で頷《うなず》いた。

「うん、アメリカとソビエトは核実験を繰り返しているんだって。地球を何百回と破壊できるほどの核兵器をすでにお互いもっているらしい」

「なんでそげんアホなことすると?」

やっちゃんが言った。ヨー君は、さあね、と肩を竦《すく》めてみせた。両方の掌《てのひら》が空を向いては、ボールをちょっと空中に投げるみたいなポーズを作っていた。弟のツネちゃんが、僕の肩を小突いた。確かに僕はその時、はじめて肩を竦めてみせる表現方法を目撃した。外国の映画でたまに見かけるその仕種《しぐさ》を、実際に生で目撃したのは生まれて初めてであった。僕と弟の間では肩を竦めてみせるポーズが話題になっていたのだった。それは東京からやってきた人間だけができるおしゃれな仕種でもあった。きっと青山学院大学では、かっこいいお兄さんやお姉さんが、白いポロシャツ姿で、さあね、とか言って、肩を竦めてはすれ違っているに違いなかった。

当然、僕の頭の中には、核シェルターのことよりも、肩を竦めるポーズのことの方が真夏の入道雲のように広がっていた。

「アニキ、見たやろ。あれはなんね。なんで、ヨー君は外国人みたいにあげんポーズばとるとやろ」

「わからん。わからんけど、カッコよかね」

僕がカッコいいと思わずヨー君をリスペクトしてしまったせいで、僕を信奉していた弟は返事に困ってしまった。

「でもヒトちゃん、この秘密基地は確かに僕等には必要だよね」

ヨー君が僕の作戦を認めたことで、弟は固い表情を緩めることができた。

「ああ、そうったい。恐ろしい核戦争から僕等自身を守るためにも必要やし、大人たちから隠れるためにも必要ったい」

弟が拍手をした。ミカちゃんがつられて、二回ほど手を叩いた。セッセと穴を掘っていた藤田君が、つかれたよ、とこぼした。僕たちは穴の周辺に座って、社宅の庭のど真ん中にあいた穴を見下ろし休憩をした。九州を吹き抜ける午後の爽《さわ》やかな風が僕等平和町山賊団の上をよぎっていった。

「でも、目立つね」

ヨー君がぽつんとこぼした。確かに穴凹は社宅のベランダから丸見えの位置に掘られていたのであった。そして僕は僕んちのベランダからじっとこっちを見ている母さんの顔を発見することになる。

「ヒトナリ！」

かくして、僕はまたしても母さんに叱《しか》られることになってしまった。みんなが逃げだしてしまった後、僕は母さんに耳たぶを引っ張られて穴凹まで連れていかれ、たった一人で、土を元に戻すことを命ぜられた。

「どうして、お前はこんな悪さばっかりするとね」

僕は覚えたてのあのポーズを使うのは今だと悟った。そしてすかさず、肩を竦めてみせた。肘《ひじ》を曲げ、両掌《りょうて》を上手に上手にやんわりと空中へ投げてみせた。

「さあね」

それは母さんの微笑みを誘った。秘密地下基地を作るという作戦は又しても大失敗に終わったが、かわりに僕は母さんを笑わせることができたのであった。怒っていた母さんが、どこでそんなポーズば覚えたと、と驚いた顔のまま微笑み続けたので、僕はうれしくなってもう一度、さあね、とやってみせた。ポーズを作っている自分を想像しながら、少しだけ、僕は大人に近づいたような気がして仕方なかった。

その三

夏休みは平和町山賊団にとってワルの書き入れ時である。とにかく宿題さえ終わらせてしまえば、午前中の早い時間から僕等はみんな山賊に変身とあいなった。

僕等が住んでいた日新火災平和町社宅の隣には、小高い山が住宅地の中にぽつんとあった。それは渡辺別荘と呼ばれていて、大人たちの話しによると、渡辺さんという福岡を代表する大金持ちの別荘であるらしかった。野球場が二つは十分入るほどの大きさの敷地だった。入り口から頂上にある別荘までは緩やかに曲がりくねった山道が走っており、その両脇《わき》には喬木《きょうぼく》が空を隠して伸びていた。

僕たち幼き山賊にとって、渡辺別荘は住宅地のど真ん中にある緑豊かな絶好の遊び場であった。渡辺さんという人がどんな人物かは、いまだに分からない。三十数年が過ぎた今もその別荘は高宮の住宅地の中にひっそりと残っている。思い出とともに、古い建物がどんどん壊されていくというのに、そこだけ僕の子供時代の記憶そのまま、現代まで生き延びているのだった。渡辺別荘こそ、僕等山賊団の素晴らしき活動の拠点であったことは言うまでもない。

山賊団と名乗る以上、僕等には山が必要だった。渡辺別荘こそ、僕等山賊団の素晴らしき活動の拠点であったことは言うまでもない。

山には沢山の昆虫と植物と小動物がいた。僕等はそれらを追いかけ、それらを恐れ、それらに追いかけ回され、時には刺されて、時には殺して、時にはその亡骸《なきがら》にそっと手を合わせた。

残酷と無邪気が同居していたあの時代の僕、今思い返せば数々の蛮行を山の生き物たちにしてしまった。カナブンと呼ばれる昆虫は僕等に捕まったら最後、カナブン飛行機と呼ばれる玩具《おもちゃ》になった。

カナブンの首の付け根に、僕は三メートルほどの凧《たこ》糸の先を巻いて、もう一方の先を握りしめ、カナブンを空高く離した。カナブンは逃げようにも、三メートル飛んでは首をしめられ方向転換を余儀なくされた。その結果、カナブンは僕を中心にぐるぐるぐるぐる、死ぬまで飛びつづけることとなった。凧糸を強く結びすぎてしまって、飛んでいたカナブンの体が二つに切断されてしまったこともあった。

「ヒトちゃん、また空中分解したとよ」

とミカちゃんは大声で叫びながら、落ちたカナブンの頭を拾っては僕の元に持ってくるのを楽しみにしていた。

大人たちは山の蛇を怖がっていたが、僕ら山賊団は蛇など目ではなかった。蛇革の高級鞄《かばん》を作ろうと僕が提案し、僕等は向こう見ずにも蛇狩りを行った。二股《ふたまた》に割れた木を手にもち、それで蛇の首根っこを押さえつけ、蛇が動けなくなるのを見計らって、石で死滅させる作戦であった。死んだ蛇は皮をはぎ取り、木に干した。数日して乾いた蛇皮を勇気の印として頭に巻いて遊んだものであった。南の島に人食い人種がいて、人間の皮をかぶっているという伝説が小学校を駆けめぐっていた時期でもあった。蛇皮くらいでは僕等は驚きはしなかった。それを頭に巻いている僕の姿を見た母さんは悲鳴をあげた。いつも怖い母さんを追いかけ回す快感ったらなかった。

蛙《かえる》のお腹《なか》に火薬を詰めて、手榴弾《しゅりゅうだん》と言いながら、よく道行く人々目掛けて投げつけていた。近くの牧師さんの顔の前で蛙爆弾が炸裂《さくれつ》し、蛙まみれになった牧師さんに怒られたこともあった。

カマキリの巣を家に持ち帰り、それを勉強机の引き出しの中に仕舞っていて、ある時それが全《すべ》てかえって家中カマキリだらけにしてしまったこともあった。母さんはまたしても失神していたが、小さなカマキリが畳の上をざくざくと歩いている姿には、生命力の逞《たくま》しさを感じたものであった。

ミミズにおしっこを掛けたらおちんちんが腫《は》れる、という噂《うわさ》は当時からあった。勿論、山賊団にとって、ミミズは絶好の便所となった。ミミズが現れると、山賊団はおちんちんを腫らしたくてしょんべんをひっかけまくった。

「なんでそんなことばすると」

とミカちゃんは顔を真っ赤にして抗議したが、僕等は、

「だって、腫れたおちんちんばみたいやなかか」

と声を揃《そろ》えた。理由なんてなんでもよかった。危険とか、ダメとか言われれば、それをしたくなるのが子供であった。今思えば、危険こそが一番の教育者であった。危険が僕等に教えてくれたことは大人になって本当に役に立った。ダメといわれて、そ

れをしない子には、優等生になる素養はあっても、人生の枠を飛び越える度胸や器は得られないのかもしれない。町中に聳《そび》える立ち入り禁止の看板は、そこに僕等にとってはもっとも素晴らしい遊び場があることを教えてくれる目印でもあった。

本当に危険な場所へは入れないものである。危険という看板だけを書いて、そういう場所を放置している大人にこそ問題がある。子供たちに、そういうところに入りたがる習性があるのは、ご自分の子供時代を思い出せば誰にでも分かるものである。本当に危険な場所には立ち入ることができないようにしてあげなければならないし、それが大人の役目というものなのだ。当たり前のことだが、馬鹿な大人が多いせいで、子供たちに犠牲者が出ていることはあまりにも悲しい現実である。

ミミズにおしっこをかけても誰のおちんちんも腫れなかった。僕等はいつまでも腫れないおちんちんをじっと見つめていた。

「ミミズにおしっこばかけると、そのおしっこを伝ってなんか悪い菌がおちんちんに進入するとやろうか」

と藤田君が言った。菌が必死ではいあがってくる絵を僕等は想像し笑い転げた。

「まさか、そんなことないでしょ」

とヨー君はまじめにそれを否定した。

「じゃあ、かけられたミミズがひっかけた人間に呪《のろ》いばかけるとかいな」

とやっちゃんが言った。

「まさか、そんなわけないでしょ」

とヨー君は冷静であった。

「つまりね、ミミズは一つの例なんだろうな」

とヨー君がおちんちんをズボンに仕舞いながら言った。

「昔の人はさ、よく土いじりとかしてたんだと思う。でね、外から帰ってきて手を洗わない人への警告として誰かが、多分世の母親たちだと思うけれど、そんな噂を拵《こしら》えたんじゃないかな。バイ菌のついた手であそこをいじくっていると、実際に腫れちゃったりするでしょ。それでその噂が本当のことのように広まっていったのかも」

なるほど、とみんなは一斉に頷いた。でもその説には夢がなくて、がっかりであった。僕等はおしっこをひっかけられたミミズがゆっくりと山道を横断していくのを見ていた。のろまな歩きはとてもユーモラスで、微笑《ほほえ》みを誘った。

その夜、僕のおちんちんが腫れた。僕は弟をおこし、それを見せた。

「ほら、あの噂は本当やったったい。見てん、こんなに腫れたっちゃが」

弟は驚いていた。でも実際にはこっそり唐がらしを磨《す》り潰《つぶ》してメンソレータムと混ぜて塗ったのだった。

「ヨー君の言っとったのは間違えやった。やっぱりあの噂は本当やったとよ」

「アニキ、すごかね。痛くなかと？　母さんに言って病院に行った方がよかっちゃなかね？」

僕は、平気だ、明日学校でみんなに見せんないかん、と言って寝たが、僕のおちんちんは僕の足首くらいに大きく腫れ上がってしまい、おしっこができなくなってしまったのだった。僕は母さんに連れられて、病院へ行った。先生に、唐がらしとメンソレータムを塗ったと白状しなければならないほどの苦痛に喘《あえ》いだのは遠い昔の思い出である。

本当にどうしようもない馬鹿だったが、僕はただ、伝説や噂を守りたかったのである。ミミズにおしっこをかけるとおちんちんが腫れる。僕は今でもそのことを信じている。信じるに足ることだと思っている。もう試すこともないし、なんでなんだろう、と考えることもなくなったが、そういう噂がなくなってしまうのは寂しいことだと思うのだ。道路脇で車に潰されたミミズ君を見るたびに、現実の厳しさに胸を痛めてしまう。

その四

それを発見したのは下校している時のことであった。校門を出てすぐの交差点の電信柱にそのメッセージは書かれてあった。最初に見つけたのはツネちゃんだった。

「アニキ、これなんやろ」

電信柱の、丁度目の高さのところに、それはなぐり書きされていた。

〔つぎのデンチュウまでいき、メッセージをよめ。X〕

当然、僕のような好奇心の塊が驚かないはずはない。山賊団はお互いの顔を急いで盗み見た後、一言も発する間もなく次の電柱を目指した。そこには同じ字で、

〔フフフ、さらにつぎのデンチュウへいき、そこにかかれたメッセージにしたがえ〕

と書かれていたのであった。

サインペンで書かれた字だったが、書体は幼く、それはどう見ても同年代の子供が書いたものにしか思えなかった。しかし僕が興奮したのは、自分がやりそうなことを先に誰かが発見し実行していたことにあった。

Xという名前がさらに想像を駆り立てた。まるでその怪盗Xが自分のような気がして仕方なかったのだ。こんな面白いことを思いつく奴《やつ》とは誰だろう、という驚き。そして先を越されてしまった悔しさが複雑に入り交じった。

「誰やろ、このXって」

藤田君が言った。

「うーん、西高宮小の誰かかな。子供の字だし、学校の前に書かれているところから推理すると、そうなりますね」

ヨー君が分析した。とにかく僕たちはメッセージが続くかぎり行ってみることにしよう、ということになった。メッセージは電信柱を伝って北上した。西日本テレビのテレビ塔の先は浄水場になっていた。福岡市内が一望できる高さにその浄水場はあった。浄水場の入り口の電柱にもメッセージが書かれてあった。

〔ごくろうさま。じゃあ、デンチュウのたもとにビンがあるでしょ。その中にあるてがみをよんでみてね。バイバイ。Xより〕

電信柱の裏側に確かに牛乳ビンが置いてあり、その中に紙が折り曲げられて入れられていた。僕は急いでそれを取り出し、紙を開いた。みんなが中を覗《のぞ》き込んだ。そこには、同じ字でこのようなことが書かれてあった。

〔きみはまんぞくしているの？　おとなにだまされていないのかな？　ワガハイはみんながだまされているのがかわいそうだとおもうよ。おとななんかうそつきだし、そんなおとながちゃんとしたことをおしえられるわけがない。がっこうなんてなくなればいいのにっておもわない？　ねえ、もしもきみがそうおもうなら、がっこうをこわそう。がっこうをワレワレの手ですこしずつこわしていこう。そしてこのせかいからがっこうをなくすんだ。がっこうがなくなればみんなはじゆうになる。べんきょうなんてしなくてすむ。ひとにうえもしたもなくなる。きょうしはみんないんちきだ。たいしたにんげんでもないくせに、えらそうにして、こどもをくるしめている。それをたのしんでいるだけだ。それにえこひいきばかりする。かわいい子やかねもちの子にばかりとくさせて、めだたない子はころしてしまう。きみはころされてもいいのかい？　いきてきたんだ、ワガハイはきみのみかただよ。てをあわせて、がっこうをこわそう。こっそりまどがらすをわって、ものをぬすんで、こくばんにいたずらがきをするんだ。じゅぎょうができないようにしてしまえ。みんながこっそりとそうすれば、そのちからはどんどんおおきくなって、このせかいをかえていくことになる。よわいものがさいごはかつせかいをつくろう。じゃあ、きょうからきみもワガハイのなかまだね。死ね死ね団にようこそ。死ね死ね団リーダーX」

僕は本当に驚いた。いや、僕だけじゃない。平和町山賊団のメンバーは全員が本当に衝撃を受けてしまった。

僕はワルだったが、学校を壊そうと考えたことはなかった。いや、むしろ学校は大好きだった。学校に一番乗りするのが好きだったし、給食だって残さず食べていた。死ね死ね団が言うような嫌な教師は僕の知るかぎり、西高宮小学校にはいなかった。担任の田中先生は本当に優しい先生だったし、校長も他の先生も子供好きの素敵な先生ばかりだったのだ。

「うーん、これはどげんしたもんかいな」

僕は思わず唸《うな》った。

「死ね死ね団って、すごく恐ろしそうな連中ですね」

ヨー君が言った。急に僕たちは自分たちのすぐ傍にめちゃくちゃ恐ろしい陰謀の匂《にお》いがあることを知ってしまい、うろたえてしまうのだった。学校を破壊する、という彼らの思想はまさに子供の思う発想ではなかった。それだけに僕等が受けた心の衝撃は大きかったのだと思う。

「学校がなくなったら、ミカ、悲しかぁ」

とミカちゃんが言った。藤田君も頷《うなず》いた。やっちゃんがおでこを輝かせながら、死ね死ね団って名前もいやったい、と言った。

僕はその時、決意した。

「よし、戦おう。この死ね死ね団から、学校ば守ろう」

弟が、さすがアニキ、と言った。全員が僕を見た。

「でも守るって、言っても」

とヨー君が呟《つぶや》いた。

「まず、これをだれが書いたか、調べてみるったい。これを持ちかえって、この字に似た文字を書いとう奴を探しだそうや。字の特徴とか覚えといて、全員で手分けして探したらよか。絶対、学校の中に犯人がおるっちゃけん」

一同は頷いた。しかしそれは簡単なことではなかった。ヨー君がじっと手紙を見ていた。そしていれてあった牛乳ビンを摑《つか》み、匂いを嗅《か》いだ。

「ヒトちゃん。これ、あたらしいね」

全員がヨー君を振り返った。

「この手紙、何日もここに野ざらしにされていたもんじゃないね。それにこの牛乳ビンの中にはまだ牛乳の匂いが残っている。つい最近、これはここに置かれたんじゃないかな」

藤田君が、たしかに、と唸った。

「ながく外においとったら、紙が黄色くなるけんね」

ふむふむ、と僕はもう一度手紙を覗き込んでみた。鉛筆で書かれていたが、書いた面に指で触れると、鉛筆の芯《しん》が僅《わず》かにすうっと滲《にじ》んで白い紙に棚引いた。

数日後、僕等は放課後集まりもう一度電信柱を辿《たど》ってみることにしたのだった。現場検証というやつである。そのルートのどこかに死ね死ね団につながる何かがあるかもしれない、と思ったからであった。一つ気がついたことは、書かれている文字の高さが僕の目の高さよりは低い位置にあるということであった。二歳年下のツネちゃんやミカちゃんの目の高さにそれは書かれていた。

「それから、このサインペンの文字だけど、これもまだ新しいね」

ヨー君がそう言いかけて、途中で、あれ、と声を張り上げた。

「ねえ、ヒトちゃん。これみて」

ヨー君が指さす方を見ると、同じメッセージが別の場所に昔書かれた形跡があった。

それは新しいものよりも三十センチほど低いところに書かれてあった。字はすでに消えかかっていたが、よく見ると、その字はさらに幼い文字に見えた。消えかかった字よりは何年か古いもののようにも思えた。

Xという文字がなんとか認識できた。文面は、つぎのデンチュウまでいき、メッセージをよめ。X、という、新しいものとほとんど同じであった。つまり死ね死ね団は何回か、こういうことを過去にも、あるいは何年かに渡り繰り返している可能性があるということであった。

そして僕等を震撼《しんかん》させたのは、最後の電柱に着いた時のことであった。なんとそこには新しいビンが用意されており、中に同様の内容の手紙がいれられていたのである。本当にそれには驚いた。ヨー君が牛乳ビンの匂いを嗅いだ。

「やっぱり、新しい。まだ牛乳の匂いがプンプンするよ」

僕等は周囲を思わず振り返ってしまった。まだXがその辺に潜んでいる可能性があったからだ。しかし周辺にはのどかな高級住宅地が広がっているだけであった。テレビ塔は青空のど真ん中に聳えていた。一時間ほど周辺の聞き込み調査っぽいことをしてから、僕等は家路に着いた。

それからしばらくの間、その話題で僕等は持ちきりとなった。僕等があっちこっちでそのことを喋《しゃべ》ったものだから、学校中がその話題で一色になってしまった。

しかし、誰も死ね死ね団を見たことがあるものは出てこなかった。僕等山賊団は警戒を強めていたが、結局、学校が破壊させられることもなかった。

半年くらいしてからだろうか。こんな噂《うわさ》が流れた。Xと名乗っていたのは、僕等と同じ歳《とし》の子供ではないか、という噂である。その子とは、学校に三日だけきてやめてしまった子のことであった。

彼女が学校を辞めた理由を誰もしらない。友達ができなかったから、というのではないだろう。わずか三日では、できるかできないかは判断がつかない。ただ、むかない、と自分で思ったのかもしれなかった。あるいは家庭の事情があったのかもしれない。とにかく、その子にはその子にだけわかる明確な理由があったのだ。そしてその明確な理由のために彼女は不登校をすることになる。

その子はテレビ塔の傍に住んでいた。いつも窓から顔を出して、空を見ているらしかった。

　僕はその噂を聞いた日の放課後、ツネちゃんを連れて、テレビ塔まで行った。電信柱のたもとにはもうビンは置かれていなかった。

「アニキ、なんば探しようと」

　と弟は言った。僕は周囲の家を見回していた。

「うん。きっとくさ、Xはこの辺に住んどうっちゃないかいな。どっかの家からかこば毎日見とった。誰か自分のメッセージば読んでくれる奴が現れんかいなって絶対見とったはずやん。だってくさ、自分が同じ立場やったら、そうすると思うっちゃんね」

　そうか、と弟はうなった。そして僕と一緒に近所を見回した。黄色い家が遠くにあった。二階に窓が一つあった。カーテンが風で揺れていたが、中は暗くて見えなかった。

　そこまで行ってみることにした。桜田（仮名）という名前が表札に書かれていた。そこの二階に窓が一つぽつんとあった。それ以外の家からは電信柱のたもとが見えにくかった。しばらく二階の窓をじっと見ていると一階の戸が開いて中から誰かがでてきた。

同年代くらいの少女であった。少女はじょうろを持っていた。玄関脇《わき》の花に水をあげようとしていたに違いない。僕と目があった。用心深そうな大きな黒い瞳《ひとみ》をしていた。

「あの」

僕は声をかけた。すると少女は大きな瞳をさらに大きく開いてから踵《きびす》を返した。

「君がXかい」

その背中に僕が言葉を投げつけると、隣にいた弟が、ほんとう？　アニキ、この子がXなんだ、と叫んだ。少女が戸をしめる前に一度僕の方を振り返った。じっと僕を見つめ、それから戸の向こう側に消えた。

同じ街に暮らしていてその子を目撃したのはただ一度限りであった。それから一週間ほどは毎日、テレビ塔まで登って彼女の家を見たけれど、窓はずっと締め切られたままであった。もうその窓は開かないような気がしてならなかった。

僕は声をかけてしまったことをずっと後悔した。学校を破壊したい、と考えなければならなかった彼女と僕は友達になりたかった。でも、彼女の家のブザーを押す勇気はなかった。以降僕の心の中にはあの黄色い家の窓から、あてもなく、電柱のたもとを見つめる少女がいた。

その五

辻家に車がやってきたのは秋の行楽シーズンのことであった。三菱のコルト1000という当時もっともポピュラーな車であった。排気量が1000CCなので、コルト1000と呼ばれていた。当時の車の排気量は今ほど大きくはなかった。ゆっくり走ろう日本という感じであった。

藤田君の家にはスバル360があった。これはつまり360CCの排気量である。てんとう虫の形をしていて、とにかく可愛《かわい》らしい車であった。フォルクスワーゲンのビートルをコピーしていたが、それよりも一回りも二回りも小型であった。時々今も見かけるが、とにかく良くできた車だという印象がある。

辻家と藤田家はよく二台つるんで家族旅行に出掛けた。お互い四人家族だったので、計八人でのドライブとあいなった。山の中のホテルへ泊まりに行ったことがあった。狭い道を二台の車は進んだ。まだ舗装道路が少なく、ほとんどが砂利道であった。道で他の車とすれ違う時は一大事だった。全員が窓から顔を出して、車輪が道から落ちないか注意しなければならなかった。

僕の父さんは家の中でいつも不機嫌な顔をしている人だった。でも外面《そとづら》というのはとても良かった。外で人とあっている時の笑顔は家の中にはなかった。外で人と話している時の低姿勢は家の中ではなかった。藤田君のお父さんはいつもにこにこしていて紳士だった。きっと家の中でも同じ顔なんだろうな、と思った。なんで僕らの父さんは家であんなにぶすっとしているのだろう、といつも考えていた。

会社で嫌なことでもあるのだろうか。父さんが笑った顔をあまりみたことがなかった。だから僕も弟も母さんもいつだって父さんの顔色をうかがって生きていた。無趣味でめちゃくちゃワーカホリックな人だった。そして気が短かった。

この短さは僕にも遺伝しているが、父さんはかなりの短さである。

例えば、家族で旅行に出掛ける。何時間もかかって目的地へ着く。車から家族が下りる。背伸びをする。ちょっと景色を見る。海が見えた。ああ、海だと思っていると、クラクションが鳴る。父さんは既に車に戻っていて、窓から顔を出し、よし、出発だ、と叫んでいる。短すぎる。

さらに車は次なる目的地へと走り出す。何時間もかかって次の観光名所へと着く。母さんが下りる。僕と弟が下りる。父さんも下りた。みんなで背伸びをする。すると父さんは、行こうか、と言う。これじゃあ、なんのための旅行か分からない。

「でもまだ何も見とらんよ」

と僕が言おうものなら、頭をごつん、とやられる。一度、楽しいね、と嘘《うそ》をついたことがあった。すると父さんは僕の笑顔を見て、俺とお前は友達じゃない、友達みたいな口は利くな、親をなんだと思っているんだ、と怒った。藤田君のお父さんやヨー君のお父さんはかなり進歩的な父親に見えた。僕の父さんだけがばりばりの九州男児で、理屈が通らなかった。

実家は有明海に面した筑後《ちくご》川《がわ》の下流だった。父親の実家は諸富《もろどみ》というところで、その県境にある隣街が母親の実家大野島であった。大野島の実家にはよく車で里帰りをした。土曜日に行って向こうで宴会をし、日曜の夕方福岡に帰るのが大体のお決まりコースであった。

父さんは外面がとてもいいので、母さんのお兄さんたちの前では丁重であった。普段は威厳の塊なので、ペコペコしている姿は息子としてはあまり気に入らなかった。でも、友達みたいな口調で忠告をすると殴られるので、何も言わなかった。

ある時、帰り支度をしていると、父さんが、車のエンジンを掛けておくから、と言って先に出た。僕と弟は親戚《しんせき》の人がくれたお土産を荷造りしていた。クラクションが鳴ったので、急ごう、ということになり、外に出てみると、車はもう無かった。

荷物を持って三人で道端で立ち尽くした。弟が、

「父さんは?」

と母さんにきいた。母さんは、辺りを見回し、

「おらんね」

と言った。車はすでに無かった。クラクションが鳴ったのは僅かにそれより二、三

分前のことであった。父さんは待ちきれずに僕等を置いて先に福岡に帰ってしまったのであった。あまりに気が短すぎる、と子供ながらに思った。

呆《あき》れた母さんは、もう我慢できない、離婚してやる、と呟《つぶや》いていた。結局僕たち三人は電車を乗り継ぎ何時間もかかって福岡まで帰ることになるのだった。

藤田さんの一家と泊まったホテルは洋風のビラのような佇《たたず》まいをしていて、庭にプールがあった。僕は泳げなかった。父さんは泳げない僕をプールに放り投げた。

「男だろ。泳げんなんて情けんなか」

僕はそれでも泳げなくて、母さんが投げ入れた浮輪につかまって泳がなければならなかった。父さんは水泳が得意で、一人ですいすいと泳いでいた。藤田君のお父さんが藤田君とミカちゃんと仲良く友達のように遊んでいるのが羨《うらや》ましくて仕方がなかった。僕は浮輪につかまりながら、幸せを探そう、と心に誓った。

それでも家族というものは面白い。外に対して幸せの素振りをしてみせるのだ。僕等辻家はみんな外面が良かった。だから外目には仲良しの家族に見えていたかもしれない。みんなが我慢していた。何に対して我慢していたのか分からない。それに何が楽しくて家族旅行をしているのかも分からなかった。ただ、幸せというものの手順を踏んでいるに過ぎなかった。みんながしている近代的な家族のあり方をなぞっているだけのようなところがちょっとだけ悲しかった。まあ、そういう時代だったのだと思う。コルト1000は時代のニーズに応《こた》えたよく出来た軽快な車だった。でも僕はずっとずっと小型で可愛らしいスバル360に憧《あこが》れていた。

その六

とにかく悪いことばっかりしていた。悪いことがあの頃の僕たちの全《すべ》てであった。大人に怒られたくて仕方がなかった。怒られることが快感でもあり、勲章でもあった。平和町山賊団は世界制覇の野望を秘めて町中を闊歩《かっぽ》していた。僕の隣にはやっちゃんが、藤田君が、ミカちゃんが、ヨー君が、そして弟のツネちゃんがいた。ツネちゃんが知らないおじさんにくっついていってしまった、と嘘をついたこともあった。大人がどれくらい心配をするか、見てみようということになったのだが、予想以上の大事になってしまい、社宅中の人達が総出で近所を走り回り、警官までが駆けつけてきて、それを見た藤田君兄妹が怖くなって白状してしまい、結局僕は母さんに物凄《ものすご》く怒られただけではなく、会社から戻ってきた父さんに、何をしてもいいが、絶対にしてはいけないこともある、と殴りつけられてしまうのだった。

男の根性を試すといって社宅のベランダを山賊団に登らせたことがあった。三階建てとはいえ、わずか五、六歳の子供たちにとってはベランダを登るのは大変なことであった。結局、まだ小さかった弟のツネちゃんは腕力がなくておっこちてしまい、腕を折った。骨が折れるということが分からないものだから、痛がる弟をほったらかしにしておいた。家に戻っても泣き止《や》まないツネちゃんの異常に母さんがやっと気がついて、骨折が発見された。すぐに病院に行ったが、動揺していた母さんは整形外科へ行かなければならないところを普通の外科へ行ってしまい、結局ツネちゃんの腕は直るには直ったが、への字に接合されてしまったのだ。その後現在までその腕は曲がったままである。

怪我《けが》はつきものであった。僕はしょっちゅう怪我をしていた。一番酷《ひど》かったのは社宅の隣を流れる下水を飛びきれず、コンクリで頭を切り、血だらけになって病院に担《かつ》ぎ込まれた時であった。額から流れ落ちる血で前が見えなくなった。目も開かないし、顔は血でぬるぬるだった。生まれてはじめてみる自分の血に驚いて僕は気絶した。九針を縫う大怪我だった。僕や弟が怪我をするたびに、母さんは走った。僕等をかついで病院から病院へと走った。血だらけになりながらも、僕はいつもそこに安心を発見していた。

車の排気孔に石を詰めたり、家中の鍵穴《かぎあな》を接着剤で埋めたり、自転車の空気を全て抜いたり、配られた新聞を隠したり、社宅の門を紐《ひも》で縛って開かなくしたり、給水塔の中に赤い絵の具を流し込んで水道水を真っ赤にしたり、全員を引き連れて家出をしたり、新聞配達の青年を襲撃したり、あの頃僕たちは思いつくかぎりの悪さを実行した。その度、僕は母さんに大目玉を食らわされ、会社から帰ってきた父さんに殴りつけられた。でもそれらは今思えば、とても健全なことでもあった。そういう悪戯《いたずら》をその都度毎回怒ってくれた母さんと父さんには感謝している。その時には分からなかったが大人になって振り返ると、怒ってくれる大人たちが回りにいたことは何よりの財産であった。怒られたくて、僕はきっと悪さをしていたに違いない。そうやって僕等はきっと、少しずつ少しずつ大人になっていったのだ。

その七

隣のヨー君はとにかくませた子供だった。大人たちは彼のことを〝大人子供〟と呼んでいた。六歳くらいですでに革靴を履いていたし、いつも東京の匂《にお》いをぷんぷんさせたお洒落《しやれ》な服を着ていた。鈴木のおばちゃんと呼ばれていた彼のお母さんはそれは美人で博学で、しかも料理の腕前は、のちに大阪を代表する料理の先生になり、NHKなどで料理番組なども持つほどであった。

ヨー君の両親はともに東京の青山学院大学テニス部出身だったせいか、ポロシャツの眩《まぶ》しい家族でもあった。同じ社宅なのに、鈴木家へ遊びに行くと、ステレオや家具や食器や花瓶などがハイカラで、玄関なんかにスイスの国旗が掛けられていたりして、まるで外国にでも行ったような気分になった。

うちに戻ると父さんが居間でふんぞりかえって相撲を見ていた。ヨー君のお父さんはステレオでクラッシックを聞きながら紅茶を呑《の》んでいた。ヨー君のお母さんはワンピースの上に白いカーデガンなどを羽織っていた。うちに帰ると父さんが四角四面の仏頂面《ぶっちょうづら》でニュースを見ていた。違う、と僕は子供ながらに思った。何が違うんだろう、と両方の家を観察したものだった。

おじさんは細川元首相みたいな感じだった。お腹《なか》も出ていなく、テニスラケットが似合いそうな人だった。うちの父さんは物凄く太っていて毎晩サントリーの角を抱きかかえるようにして呑んでいた。

鈴木家と辻家は隣同士ということで本当に仲がよかったが、本質的なところでは全く違うファミリーであった。一度、鈴木家でケーキを御馳走《ごちそう》になったことがあった。カナダの知り合いから送られてきた、当時非常に珍しいホームメードのケーキであった。

カナダがどこにあるのか、僕は知らなかった。ヨー君が、アメリカの北ですね、と標準語で言った。ああ、あそこのこつね、と負けず嫌いな僕は知ったかぶりをした。このお菓子はね、カナダの知り合いの手作りなの、この時期になると必ず送ってきてくれるのよ、と鈴木のおばちゃんが言った。それはそれは本当に美味《おい》しいお菓子で、僕はあんなに美味しいお菓子をいまだかつて食べたことがなく、自分の分はあっという間に食べてしまい、ものほしそうな顔で食べている人のケーキをじっと見てしまうのだった。

僕の母親はそういう僕をよく怒った。

「他人のものをほしがってはいけません」

それは大人になって今もよく思い出す言葉だ。僕が生涯大事にしている言葉でもある。他人のものを欲しがるのはいけない。当たり前のことだが、それは後の僕の人生を正しく導いてくれた。

「でもさ、母さん。これ本当にうまかったたい。僕はもうひとつ食べてみたか」

あまりに僕がそのお菓子を絶賛したので、ヨー君が、僕はまたいつでも食べられるから、と自分の分を僕にくれたのであった。大人になって僕は似たような形のお菓子とドイツで出会った。それはシュトレーゼンというお菓子であった。鈴木家で食べたお菓子はシュトレーゼンよりももっともっとしっとりとしていて美味しかった。幾層にも重ねられた生地の歯ごたえが素晴らしく、ただの焼き菓子なのに忘れられない美味しさであった。

ヨー君の家には世界中の街角の匂いがあった。リビングには色鮮やかな絨毯《じゅうたん》が敷かれていたし、家具はアンティックな洋物だった。外国の俳優のポスターが貼《は》られ、おじさんが見ていたのは世界中の街角が写された写真集であった。その写真集をヨー君のお父さんとお母さんはまるで皇族の方々のような寄り添い方で楽しそうに眺めていたのであった。僕はそれらの雰囲気をじっと眺めていた。何がどう、うちと違うのか、といつも見ていたのだった。うちに戻ると父さんがステテコ一枚で畳の上で大の字に寝ていた。

ヨー君の家で出されるご飯も当然、食べたことのない横文字の料理ばかりであった。僕の母さんも料理は上手だったが、なにせ鈴木のおばちゃんは後に大阪を代表する料理の先生になる人物である。どれもがとても凝っていた。

しかし僕を驚かせたのはそれだけではなかった。鈴木家ではフォークとナイフが普通にテーブルの上に並べられていたのである。カルチャーショックであった。ヨー君はフォークとナイフを使ってご飯を食べていたのだ。上手な使い方であった。ほれぼれするようなナイフさばきだった。肉がしゅるしゅると切れて、それが上品に口に運ばれるのだ。ああなりたい、と子供ながらに僕は憧れた。

余談になるが高校生の頃、父さんが、テーブルマナーを教えてやる、と言いだし、函館山ホテルのレストランに連れていってくれたことがあった。僕が高校一年生のころのことだと思う。それがはじめての、いわゆるレストランでの外食であった。何を食べたかは思いだせない。今思い出す限り、フランス料理とかではなく、ハンバーグとかエビフライとか、そういう類《たぐい》のただの洋風料理ではなかったかと記憶している。

その時、父さんはナイフとはこうやって使うのだ、フォークはこちらの手でこんな風に使うのだ、と教えてくれたのであった。フォークとナイフを使いこなしたいと夢見ていた僕にとって、それは実にうれしい経験であった。ところが、最悪はその直後にやってきた。食事が終わり、デザートが済んで、いざ席を立とうとしていると、父さんはいきなりテーブルの上の爪楊枝《つまようじ》入れに手を伸ばした。そして紙に入った爪楊枝を右手でぎゅっと摑《つか》んだのである。摑める限り、という感じであった。それを見ていた弟と僕はすばやく目を合わせた。ツネちゃんが先に、最悪、と言った。気がついた母さんが、あなた、ちょっと何しているの、誰かにみられたら恥ずかしいじゃない、と言った。僕は他人の顔をしてさっさとそこを出てしまった。僕がマナーを真剣に学ぼうと思ったのはその時だったのではないだろうか。テーブルマナーとは決まり事だけではなく、品格の問題なのだ、とその時に勉強させられることとなった。そういう意味では身をもってマナーを教えてくれた父に感謝しなくてはならないだろう。

お洒落な家庭で育ったせいか、ヨー君は僕の周辺の子供たちの中では抜きんでて都会的なませた子供であった。あの年齢にして、良質なもの、いいものとは何かということにすでに気がついていたのではないか、と思う。彼が読んでいた書物や、聞いていた音楽、などのセンスの良さはいつでも僕の憧れの的であった。

ヨー君は六歳頃になると一人で飛行機に乗って大阪の方へと旅行に行っていた。彼の机の中には外国旅行の時に手に入れた切符やスタンプなどが犇《ひし》めいていた。大人が集めるようなコインや切手や雑誌の切り抜きなどが、きちんと整理されて引き出しの中で眠っていた。それらはとても素晴らしいものに思えて仕方がなかった。どうして僕は鈴木家に生まれなかったのだろう、といつも隣の家族を見ていたのだった。

あれから三十五年ほどの歳月が流れた。僕は音楽の仕事に進み、小説家になり、映画を撮りはじめた。父さんは定年になり、福岡の市内に家を買って夫婦水入らずで暮らしている。僕は結婚をし、子供を作り、離婚をした。いろんな時間が僕に流れたように、世界も静かに変化をしていた。

一年程前、実家に帰ると、鈴木のおばちゃんがいた。弟が母さんと二人で洋風の陶芸教室を開いており、そこに大阪から月に一度習いに来ているとのことであった。僕は月に一度息子をつれて福岡の実家に戻る生活を送っていた。

鈴木のおばちゃんは相変わらず綺麗《きれい》で多弁で意欲的な人であった。大阪の料理番組も大変評判とのことであった。

「ヨー君は元気?」

と僕は聞いた。うん、とっても、とおばちゃんは笑った。いつもいつも、会えば、ヨー君は元気、と僕は聞いていた。ヨー君と会いたいな、と僕はずっと思っていた。三十五年も前にお隣同士で過ごした記憶しかないが、僕には懐《なつ》かしい友達であった。彼がジャズのギタリストになっているという噂《うわさ》は母さんから随分と前に聞かされていた。同じような表現の道に入ったんだ、とこっそり再会を楽しみにしていたのであった。

それから数カ月後、僕は息子と福岡空港に降り立った。すると空港に鈴木のおばちゃんが出迎えてくれた。また習いに来ていたものだからね、と潑剌《はつらつ》とした声で言った。じゃあ、今日は僕が美味しいスパゲッティをおばちゃんのために作りますよ、と約束をしたのだった。僕は自分でいうのもなんだが、料理には煩《うるさ》い。おばちゃんに、すごい、ヒトちゃん、おいしいじゃない、と褒めてもらえる自信もあった。

車には僕と母と父とおばちゃんと僕の息子が乗っていた。息子はおばちゃんの膝《ひざ》の上に乗っていた。息子はおばちゃんのおっぱいを摑んで、鈴木のおばちゃん可愛《かわい》いね、とおどけて、みんなを笑わせていた。

「こら、おんなの子にそんなことをしたらダメじゃん」

と僕は息子をしかった。だって、可愛いんだもんいいじゃん、と息子は軽口を叩《たた》いた。そのやり取りが可笑《おか》しくてみんなが笑った。運転していた父さんはもう七十歳を越えている。すっかりおじいちゃんになってしまった。昔は気が短くて仕事の鬼だったが、定年になってから丸く穏やかな優しいおじいちゃんになった。人間は変わるのだ。変わることは決して悪いことではない。時間と折り合いをつけてみんな歳《とし》をとっていくのである。僕だって、昔にくらべれば少しは丸くなった。

「おばちゃん、ヨー君は元気?」

僕は何気なく言った。息子の悪戯は止《と》まるところをしらなかった。父さんは運転をしながらまだ微笑《ほほえ》んでいた。

「あのね、ヒトナリ」

と母さんが言った。

「なに?」

「ヨー君ね。もうこの世界にいないのよ」

まだ父さんは微笑んでいた。太陽が眩しくて、車の中は暑かった。息子は鈴木のおばちゃんに抱きついていた。

「ある日、突然……」

死因については誰もひとことも言わなかった。でもなぜだろう、彼は旅に出たのだ、と僕はすぐに理解することができたのだ。息子が鈴木のおばちゃんのおっぱいをまた触った。こら、やめなさい、と母さんが叱《しか》った。いいのよ、いいの、へるもんじゃないし、とおばちゃんが笑った。

「いつのこと？」

僕は前の方をじっと見て聞いた。

「もう二年くらい前かな。ヒトナリにはいいづらくてね」

おばちゃんが息子をぎゅっと抱きしめながら言った。息子が、いたいよ、と言った。静かに世界は変化する。僕は目を瞑《つむ》った。この福岡で僕たちは太陽の光の中、走り回ったのだ。その後、二度と会うことはなかったが、思い出の中にはいつも君がいた。大人になって、どうして会わなかったのか、考えれば後悔ばかりである。でも会っていたら、杯などを交わしていたら、きっと、もっともっと悲しかっただろう。

僕たちはあの頃、世界を転覆させる野望に燃えていた。まだ世界なんて目じゃなかった。何も恐ろしいものはなかった。渡辺別荘には昆虫や小動物が溢《あふ》れていた。そこら中に光が溢れていた。僕はみんなを引き連れて沢山のワルさをした。藤田君やミカちゃんがいた。やっちゃんやツネちゃんがいた。そしてヨー君もいた。一緒に遊べて楽しかったね、と僕は言うだけだ。そして君のことをずっと忘れないよ、と言うだけだ。急いで行ってしまった人の分、僕は少しでも長く生きて君を記憶するね。それが残されたものの役目なんだから。

あの日々は僕の遺伝子の中にある。それを忘れないために僕はこれからも小説を書き続けるだろう。

子供時代への手紙

負けず嫌い

子供の頃、僕はとにかく負けず嫌いであった。ジャンケンポン。僕が出したのはグーでもチョキでもパーでもない、そのどれともとれるようなもので、相手が出したのがチョキならば、微妙なタイミングで指を動かし、グーにしてしまうのだった。

小学校の高学年の頃に、僕よりも負けず嫌いな男の子がいた。小田原一馬は父親の仕事の関係で東京から転校してきた。転校初日の挨拶《あいさつ》の時から、負けず嫌いが全身から迸《ほとばし》っていた。

「小田原一馬です。一馬とは一番早い馬という意味です。かけっこでは誰にもまけたことがありません」

勝ち誇ったような顔つきが男子から疎《うと》まれて、いつまでたってもクラスに馴染《なじ》めず、なかなか友達ができなかった。可哀相《かわいそう》だな、と思い、僕は一馬に声をかけた。

「同じ方向やけん。一緒に帰ろ」

一馬はうれしかったのだろう、僕んちで遊ぼう、と言った。一馬の家は立派な一戸建ての家だった。一馬の部屋には沢山の玩具《おもちゃ》があった。戦車や戦闘機のプラモデルが部屋中ところせましと並べられていた。

「すごかね。全部おまえのや?」

一馬は、うん、と微笑《ほほえ》み、戦争ごっこをしよう、と言ってきた。ところがかれが僕に貸してくれたのは古ぼけた戦車と弱そうな戦闘機だけであった。これじゃあ勝負にならない、と抗議をすると、ダメだもんね、と言って喜んでいる。仕方がないので、両手に沢山のプラモデルを抱えているところを素早く攻撃していった。

「ああ、ずるい。卑怯《ひきよう》だぞ」

「なんが卑怯ね。そっちの方が卑怯やなかか。そんなに沢山抱えとっても使えんとやったらどげんしようもなかったい」

結局その日僕たちは喧嘩《けんか》をしてしまい、僕は一馬君を泣かしてしまった。自慢じゃないが、僕は今も昔も言葉では誰にも負けたことがない。子供の頃から、口げんか道十段なのであった。とにかく、口げんかの場合、相手に考える隙《すき》を与えてはいけない。相手の弱点を見つけ出してそれを次から次に攻撃していくのである。

「卑怯もん、男の風上にもおけん奴《やつ》ったいね。おちんちんついとうとや？　いまだにおねしょばしとるとやなかと。おねしょばして押し入れに布団《ふとん》ば隠しとっちゃろ。そっちが遊びに来てよって言ったけん来たっちゃろうが。遊びに来てやったとに玩具も貸してくれんちゃけん、だけん、いつまでも学校になじめんとよ。友達ができんでもよかとね？　みんながおまえんこつばなんといいよるかしっとうと。あんまり東京東京って言わんほうがよかったい。心ば入れ替えんと、これから大人になってからますます困るったいね。ついでに、お前のかあちゃんでべそー」

一言一言を投げかけるとき、ラッパーがそうするように身振り手振りをまじえるのだ。宙を舞う華麗な掌《て》の動きに相手の目線が止まってしまえば、もうこちらのもの。まもなく敵は圧倒的な言葉に打ちのめされ怯《ひる》むことになる。怯んだらさらに次の言葉をぶつけるのである。容赦をしてはいけない。腕力に自信のある奴でも、言葉に圧倒された時には思考が停止してしまい、暴力が振るえなくなるものなのだ。

しかしここで一つだけ上手な口げんかの仕方をお教えしよう。最初は相手の弱点を攻めて、怯ませ、動けなくさせて、言葉の力で押さえ込むのがベストな戦略だが、最後までそれではいけない。相手を追い込むのは得策ではない。攻撃だけしていると、後味が悪いというのもあるが、恨みを持ち越すことになる。だから後半は、お前は決して悪い人間じゃない。ただ考えが甘いだけだ、と遠回しに味方になってやるのである。

お前は可哀相な奴なんだ、だから俺はお前の味方、世界でただ一人の理解者なんだ、と駒《こま》を進めるのである。すると恨みを翌日まで持ち越すことは少ないし、口げんかに勝ったという後味の悪さからこちらも抜け出ることができる。

それから口げんかの一番最後には必ず、お前のかあちゃんでべそ、と付けるのがもっともポピュラーな戦略である。何故《なぜ》、母ちゃんのでべそがいけないのかはいまだにわからないが、昔から口げんかの締めは、お前のかあちゃんでべそ、と相場は決まっているのである。決まっているものには逆らわない方がよい。

ちなみに、おねしょをして布団を押し入れに隠していたのは何を隠そうこの自分であった。僕は小学校の高学年までおねしょったれだったのだ。つまり口げんかにおいては、相手の弱点が見つからない場合、自分の弱点をさも相手の弱点のように投げつけてみるのも手だったりするのである。

「よか。泣けばよかったい。うんと泣いてすっきりすればよかと。人生なんてそげんもんたい。これで二人の友情は本物になるとよ」

その時、一馬のお母さんがお菓子を持って部屋に入ってきた。泣いている一馬を見つけて、どうしたの、と聞いた。一馬は僕を指さした。

「かずちゃんに何をしたの?」

お母さんは明らかに一馬の味方であった。最初から僕が悪いという態度であった。ありがちだな、と子供ながらにがっかりであった。この子にしてこの親か、やれやれ。

「お母さん、これは子供の問題やけん、口ばださんでください」

まあ、と一馬のお母さんは唸《うな》った。

「一馬がお友達を連れてきたから珍しいと思って期待していたのに、こんなおかしな友達を作っちゃいけませんよ。明日校長先生に抗議しときますね」

一馬のお母さんは一馬を抱き寄せて、そう言ったのである。僕はあいた口がふさがらなかった。なんで校長なんだろう、と考えた。このお母さんも一馬同様負けず嫌いで、担任より校長の方が格が上だと思っていたのかもしれなかった。

一馬の負けず嫌いはとどまるところを知らなかった。とにかくなんでも自分が一番じゃなければ気が済まないのである。一番に給食を食べ、一番に宿題を提出し、テストも一番。確かに勉強は出来たし、運動も出来たが、鼻についた。クラスの連中の顰《ひん》蹙《しゅく》をどんどん買っていくのであった。

そんなある日、一馬と番長のクニヤンとが言い合いになった。

「一馬、お前は誰よりも足が早いって自慢しとうばってん、お前よりも早い奴がこの組にはおるったいね」

「ふん、僕よりも早い奴なんていないもんね」

「じゃあ、お前そいつと勝負してみてん。そして負けたら、明日坊主頭《ぼうずあたま》にしてこいや」

クニヤンのいう早い奴というのは、鹿児島から転校してきたばかりのゴワスこと新道孝之であった。（新潮文庫『そこに僕はいた』を参照）

ゴワスは見かけはとろかったが、足だけは異常に早かった。かくして放課後一同はグランドに集まった。クニヤンが合図を出した。二人は一斉に走り出した。勝負は互角だったが、僅《わず》かにゴワスの方がリードしていた。最終コーナーに差しかかった時のことである。突然二人は転倒してしまうのだった。二人の体が接触したからだったが、明らかに一馬がゴワスのシャツをひっぱったのである。倒れた一馬はすぐに起き上がり一番でゴールインした。

「てめえ、ゴワスのシャツばひっぱったろうが」

クニヤンは怒った。

「ひっぱらない。あれは事故だよ。でも僕は最後まで全力で駆け抜けた。やっぱり僕が一番だって見せつけることができてうれしい」

ゴワスがやってきて、もう一度勝負しろ、と叫んだ。

「いや、だめだね。今の試合で僕は足を傷《いた》めた。これが直るまでは勝負はできない」

なんと負けず嫌いな奴。でも僕はちょっとうれしくなったのだ。ここまで負けず嫌いだと気持ちがいいものである。僕は放課後、一馬と一緒に帰った。

「なあ、今度は僕んちによっていかんね」

一馬は警戒していたが、ああ、と従った。社宅の狭い部屋にあがると、一馬は家中を物珍しそうに眺めた。こんなところで暮らしているの、気の毒だね、といわんばかりの顔つきで。玩具箱に戦車や戦闘機のプラモデルが沢山あるのを発見し、一馬の目に輝きがでた。

「戦争ごっこしようか」

「うん」

僕は丁度半分ずつになるようにプラモデルを分けた。ところが一馬は気に入らないのである。僕が持っていたスピットファイアーを取り上げ、しまいにはシャーマン戦車も取り上げられてしまった。僕の手元にはジープと第一次大戦時の複葉機しか残らなかった。

「ずるか。なんでそげん負けず嫌いや」

「だって、絶対に負けたくないもん。強いものが好きなんだもの」

「そんなんじゃつまらんやろうもん」

「つまる」

「返せ」

「いやだよ」

僕が一馬から戦車と戦闘機を取り上げようとしているとそこへ母さんがお菓子を持って入ってきた。

「ヒトナリ！　なんばしよっと。お友達が来たら、半分ずつっていつも言うとるやろ。遊びに来てくれたんだから、気兼ねさせてはいかんとよ。よかね。わかったと」

一馬はきょとんとした顔で僕と母さんのやりとりを見ていた。母さんがお菓子を置いて出ていくと、

「辻君のお母さんは辻君のことを愛していないの？」

と聞いてきた。

「なんで？」

「だって、君が怒られてたじゃん」

そういうものなのかな、と僕は一晩そのことについて考えた。一馬君の味方になった一馬君のお母さんと自分の母さんとを僕は比較してみたのだ。一瞬、一馬君のお母さんの方が優しそうに思えたが、眠りに落ちながらも僕は首を横にふった。母さんはいつでもどこでも、電車やバスの中でも、理不尽なことをしている子供には怒る。いいことをしている子供にはいつでもどこでも、電車の中でもバスの中でも、きちんと褒める。つまり母さんの愛は広いのだ。そうか、そういうことか、やれやれ。結局、僕は安心して眠ることにしたのだった。

一馬は転校してきてから僅か四カ月で再び転校することとなった。父親の仕事の関係だということだったが、一馬は僕にだけ事情をあかした。

「母さんがね、この学校は僕には合わないって言うんだ。僕の人格を歪《ゆが》めるってさ。それで私立の学校に移ることになった」

僕は驚いたが、あのお母さんならやりかねないことであった。

「でも、辻君。辻君とはなんだか友達になれそうな気がしてた」

別れ際《ぎわ》、最後に彼が言った一言が僕はうれしかった。

「僕もそう思うったいね」

そう僕は笑いながら言った。

幻の詩

うまれてはじめて書いた詩は「自転車」という詩で、小学校の時に何かの新聞に載った。二階に住むやっちゃんのお母さんがそれを教えてくれたのだ。僕は正直とてもうれしかったので、

「僕の詩が新聞に載りましたア」

と社宅中に言いふらして回った。言いふらしながら、詩を書きたくて仕方がなくなっていた。

すると母さんがどこからか現れ、腕をひっぱって、そんなはずかしいこと言いふらすものではない、と叱《しか》ったのである。

勿論《もちろん》、その時に書いた「自転車」は恥ずかしいものとして処分されてしまったのか、

今はもう残っていない。子供ながらに、不可思議だったのは、どうして新聞に詩が載ったのに、それを喜んではいけなかったのか、ということである。

母さんは、たかがそれくらいのことでうぬぼれるな、と言いたかったのだろう。でも考えてみるならば、その詩こそ表現者としての僕の原点ということになる。

内容は、朝誰もいない街の中を自転車に乗って食パンを買いにいく、というたわいもない詩であった。でも褒められたのははじめてだし、ましてや印刷されたのもはじめてであった。恥ずかしくても素直に褒めてくれたら良かったのに、と子供ながらに僕は首を傾《かし》げてしまった。

小学校の四、五年の頃はマンガに燃えた。友人にとてもマンガのうまい連中がいたので同人誌を作った。五、六人が参加していたと思うが、みんなかなりの腕前であった。井尻君というのがいて、その内容がとても子供の書く作風ではなかった。

いつもおしっこをしたくなる自分の体質を締まりの悪い水道の蛇口と対比させて描いた彼のマンガは、あれから三十年以上が経《た》っているというのにまだ僕の記憶の中で新鮮な光を放っている。

主人公の少年が虫眼鏡で自分のおちんちんを覗《のぞ》き込むと、そこには壊れた蛇口から水が一滴滴《したた》っているのだ。主人公はそれを見つめて、「蛇口が壊れたかな」と呟《つぶや》く。小学生とは思えない表現力であった。

その時僕は、いつか僕もこういう表現がしてみたい、と思ったものだった。

僕は小学校の六年生の時に北海道の帯広に転校した。転校先の友達を集めて、マンガ同人誌を作り、福岡の仲間たちと交換をした。力作であったが、残念ながらそれらも手元には残っていない。

帯広に転校してから僕はすぐにギターを覚える。でも誰かの曲をコピーしたりするのは面倒くさくて、最初からオリジナル曲を作っていた。そこで書いた歌詞が久しぶりの詩ということになる。「遠い遠い国へ」という詩だった。言葉を大事にした音楽が好きだった。どちらかと言えば、言葉を伝えたくて音楽をはじめたようなところがあった。

中学三年生の時に、帯広から函館へ転校をする。そこで僕は同級生たちと詩の同人誌を作り、その売り上げを年末助け合い運動に寄付したりしていた。その時のガリ版の詩集は一つ残っているが、つまらない少女趣味の詩で、目にとまるものはなにもない。

高校生になってから、本格的に詩作に耽《ふけ》るようになる。はじめて小説にも取り組んだ。小説家になりたい、と思ったのはこの頃だった。函館という環境が向いていたのかもしれない。あっちこっちを転校しているうちに、土地土地の風土に触れて暮らしていくうちに、詩作が楽しくなっていったのかもしれない。いつしか、本当にいつしか作家になろうと決めていた。

東京に出たのは受験の時で、中野の遠い親戚《しんせき》の家にやっかいになった。その人は童話作家を生業《なりわい》にしていた。サラリーマンをやっていた自分の父親のように毎朝の出勤がなく、いつも家の仕事場にいて、ゴロゴロしていた。時々、リビングへやってきては、やはりゴロゴロしていた僕を捕まえ、ちょっとヒトナリ、面白いのが出来たんだけど聞いてみるか、と言って自分の作品を朗読してくれたりした。その時のインパクトは計り知れないくらい大きかった。

正直、今の自分があるのはこの人、東君平《ひがしくんぺい》さんによるところが大きい。まったく何もないところに物語を産み落とし、それで生計を立てているのである。すごいなア、と感動したものだった。

小父さんはある時、また僕を捕まえた。

「なあ、ヒトナリ。わたしのお父さんの話しをききたくないかね」

僕は勿論、頷《うなず》いた。

「わたしのお父さんはね、池に釣りにでかけたんだ。すると大きな鯉《こい》がかかった。それはそれは大きな鯉だった。つまりそいつはその池の主人だったんだな。鯉は食べられたくない一心でわたしのお父さんに、逃がしてくれたら池の底に眠っている金塊を全《すべ》て差し上げます、というのだった」

僕はいつのまにか、君平さんの話しに引き込まれてしまっていた。

「わたしのお父さんは別に金塊が欲しかったわけではなかった。鯉があまりに可哀相《かわいそう》に思えたので、池に逃がしてやったんだ」

君平さんはそこで微笑《ほほえ》んだ。何か子供が企《たくら》むような微笑みである。

「話しはそこでお終い？」

「いいや、この話しには長い結末がある。なあ、ヒトナリ。お前池とか川とか沼とかに行くと、魚がプカッて顔を出すの見たことないか？」

「あるよ。ある。プカッとでしょ」

「鮒《ふな》とかドジョウとか小魚がプカッ、プカッって顔だすだろ。あれはね」

「あれは、呼吸をして」

「違う。それは間違えている。あれは、例の鯉、池の主人の鯉がね、子分の小魚たちに、まだ池の辺に私のお父さんがいないか見てこい、と偵察にいかせているんだな」

勝ち誇った顔がいっそう勝ち誇った。僕は、その発想の豊かさに打ちのめされていた。自分の父親とさほど変わらない年齢の中年おじさんが、こんな柔らかい物事の考え方をしているのか、と。これが創作をする力、想像力というやつなのだ、と。

「そうか、鯉に命令された鮒とかドジョウはそうやってプカッて顔をだして、様子を見ているんだ」

小父さんは笑った。僕も笑った。

こんな生きかたもあるのだ、と思った。そして夢がある、とも思った。やっぱり作家しかない、と思った。

僕も小父さんみたいな生きかたがしたい、と言った。すると小父さんは、この世界はそんなに甘いものじゃない、というような顔をしてみせた。でも小父さんがなんとなく応援してくれているのは分かっていた。

それから五年ほどして、僕はまずロックミュージシャンとしてデビューした。どうして作家にならず、ミュージシャンになってしまったのかは、説明すると長いので省くが、時代は音楽に開かれていたのだ。けれども、デビューするまでの道のりは生易しいものではなかった。

僕はその間、小父さんの家には出入りすることを控えた。甘えたくなかったのだ。はじめて作ったレコードは、いじめ社会を批判した十曲入りの硬派なフルアルバム〔『ウエルカムトゥーザロストチャイルドクラブ』　エコーズ　１９８５年〕であった。僕はそのレコードをこっそりと小父さんの仕事机の上に置いておいた。

小父さんはそれをたいそう喜んでくれたのだ。はじめて詩を書いた時は、恥ずかしいと言われた。あれから十数年後、僕は強面《こわもて》の小父さんに認められた。

小父さんは四十六歳の時に、ちょっとした病気がもとで亡《な》くなった。亡くなる直前、小父さんは僕に歌舞伎町《かぶきちょう》の外れで河豚《ふぐ》を御馳走《ごちそう》してくれた。二人きりで自由業について話し合った。僕にとっては親のような存在でもあり、最初の創作の先生でもあった。その頃、ミュージシャンとして歩きはじめていた僕は一方で子供の頃からの夢であった文筆家になることを決意していた。小父さんに打ち明けたかどうかは覚えていない。もうその時の僕は大海しかみていなかった。

井の中の蛙《かわず》、大海を知らず、という諺《ことわざ》がある。僕はそれをこうもじった。

「大海の蛙、井の中を知らず」

これは表現者となって、様々なくるしい局面に立たされた時に自分に向かって呟《つぶや》いてきた言葉である。大した存在でもないのに、狭い世界でいばっている蛙さん、という意味の諺を引っ繰り返すと、世界に飛び出した蛙は、小さいことでくよくよせず、狭い業界の悪癖にもとらわれずに、ジャンルを超越して、思いっきり暴れまわっていいのだよ、という意味に変化するのだった。

あれからさらに十数年が過ぎた。小父さんが亡くなった年齢に近づきつつある。沢山のCDを発表した。沢山の詩を発表し、沢山の小説を書いた。沢山の映画も撮ってきた。あまり振り返らないようにしているが、時々振り返ると、目眩《めまい》がする。そんなに生き急いでも仕方がないじゃないか、とよく周囲の仲間にたしなめられる。

何かを生み出したいという衝動をいつも大切にしてきたことだけは間違いない。世の中に褒められたことは一度もなかった。学級委員などの役を一度も経験したことがない。つまりあまり人望は厚くなかった。いつも変わり者だった。ただ、自分には、きっと何かがある、と信じてきた。今だって、周囲に何を言われても、自分ならば出来る、と信じることにかけては天才である。思い込みが激しいといえば、かなり激しい。ただ思い込んだら、最後までやり遂げる。そうやって一つ一つの創作の山を登ってきた。それにいつも山の頂ばかりを見上げている。すがすがしい未来ばかりを見つめていれば落ち込むことも少なくてすむ。

幻の詩「自転車」。それが現存していないことが僕にとっては大きな救いになっている。幻の詩は現存していない分、今や僕の記憶の中では物凄《ものすご》い詩となって、存在しているのだ。もしもそれがそのまま残っていたら、母さんが言うように「恥ずかしい」と感じ、最初から自分の限界を知ってしまって、もう詩など書かなかったかもしれない。

小学校の頃に僕の書いた詩が新聞に載った。作家になろうと思い込んだ。勝手な思い込みが僕を偉大にさせている。思い込むことは大切である。自分には才能があると思い込むことができれば、登れない山などないのかもしれない。

思い込み一番

確かに僕は思い込みが激しかった。思い込んだら最後、誰がなんと言おうと、そうならないと我慢ならなかった。

大体、僕はずっと橋の下で拾われたと思い込んでいた。どこかの王国の王子なのだが、何かの事情で日本に捨てられたのだ、と。だからいつかカボチャの馬車に乗った侍従さんたちが僕を探しにやってくる、と思い込んでいたのである。母さんにそのことをよく話した。母さんは、やれやれ、という顔をして、確かにお前は橋の下で拾った記憶がある、と付き合ってくれたものであった。付き合わないと、大変なことになるのだった。

「嘘《うそ》だあ、僕が父さんと母さんの子だなんて信じられない。本当のことを言うまではご飯は食べない」

大馬鹿野郎というのか、始末に終えないというのか、想像力が薄っぺらいというのか。しかしその薄っぺらさのお蔭《かげ》で僕は作家になることができたのかもしれない。最近でも僕は、月族の第一王子と自任している。なぜ、いつから、そう思い込んだのかは分からない。いつの頃からか、僕は月を見上げては、もうじき帰ります、と手を合わせるようになった。ところが本気だから時々自分が怖くなる。回りの仲間にも話すことがある。賢明な友人は、

「辻君、あまりそういうことを外で言いふらさない方が身のためだよ」

と忠告してくれる。あ、こいつ、信じてないな、と思ったりしているからかなりの重症であることには間違いない。

しかし、月族の第一王子なんて、四十歳を過ぎて思い込めるのは幸せかもしれない。いつか月に帰るのだから、あまりこの世界に固執してもしょうがない、とも思えるようになった。あっちの世界ではこっちのお金は通じないのだから、財産なんか作るのはよそう、と本気で思っている。だから稼いだお金は稼いだ時に使い切っている。

中学生の時、僕は自分がサイボーグだと信じて疑わない時があった。それを裏付ける一つの事実として僕はそれまで手術というものをしたことがなかった。だから骨は超合金で作られていると信じていた。

「俺は、本当はサイボーグなんだよね」

そのころとても仲良しだった小沢君に言った。

「辻がサイボーグだとは知らなかったな」

と優等生の小沢君は笑った。

「でも、どうして辻がサイボーグなんだろう。サイボーグなら走るのとか早くないとな。お前はいつもビリじゃん。ってことは失敗作か？」

頭のいい奴《やつ》にはロマンティストは少ない。別に夢を壊すなとは言わないが、はっきりと言い捨てられると辛《つら》い。

「それにさ、辻はさ、計算遅いじゃん。サイボーグならばさ、テストで百点なんか当たり前だろ。なんでお前みたいな不完全なサイボーグを作る必要があったのかな？」

そこまで徹底的に打ちのめして何が楽しいのか分からない。でも優等生という奴は徹底的が好きな動物なのである。

「顔だってさ、折角作るなら、ハンサムにすべきじゃん。どうしてそんな辻みたいな顔にしたのかな」

グーの音も出ない、とはこの事であった。

「ということは俺、サイボーグじゃないのかな」

「きっと違うと思うぜ」

小沢君は小学校も中学校も生徒会長をやっていた。一度帯広の児童公園で不良たちに絡《から》まれたことがあった。俺は正義感が強かったので、そいつらの横暴が許せず、喧《けん》嘩《か》になった。相手は喧嘩が弱かったが、一人背の高い年長者が混じっていた。その男が俺を捕まえてビルの屋上から逆さ吊《づ》りにしたのだった。誰も助けに来てはくれなかった。そこに小沢君が登場した。

「すいません。子供を大人が苛《いじ》めるのはどうかと思うのです。辻をこちらへ戻してもらえませんか。さもなければ、警察を呼びます」

男は俺を床に下ろして、そこを去っていった。俺は泣いていた。すると小沢君が俺の前にやってきて、泣くなよ、こんなことくらいで、と言ったのだ。足首を摑《つか》まれてビルの屋上から逆さ吊りにされていたのに、そんなことくらいで泣いてはいけない、ときっぱりと言った小沢君は、僕にはあまりにかっこよくて、サイボーグのように思えた。

「俺さ、小沢の方がよっぽどサイボーグっぽいと思うんだよね」

と小沢君に向かってそう言った。小沢君は眼鏡をちょっと動かして、

「実は俺、内緒にしていたけれど、サイボーグ０１３なんだ」

と言ったのである。あの時、俺はそれを信じてしまった。

「ごめんなさい。そうとは知らずに、偉そうなことを言ってしまって」

小沢君は、許してあげるから、これからは人間としてちゃんと生きなさいよ、と言ってくれた。本当のサイボーグとはひけらかさない人間のことを言うのだ、とその時ぼくは賢明にもそう確信したのであった。

高校生になるとますます思い込みが激しくなっていった。

理由は定かではないが自分は超能力者だと思い込んだ。思い込んだらいいふらす。

するとが、いったいどういう超能力が使えるのか、と聞いてくる。困った。どういう超能力が使えるのか、考えたことはなかった。

「壁抜けができる」

思わず言ってしまった。じゃあ、やってみせろということになり、僕は何度も壁に頭をぶつけてみんなに笑われることとなった。

「下手に抜けてしまって、途中で体が壁に挟まるということになると、えらいことになるからね。今日はやめておくね」

みんな笑っていた。嘘つき、と誰かが言った。悔しかったが、壁を抜けられない以上、僕は嘘つきということになった。

学級委員の佐々木君がやってきて、

「辻君、嘘はいけないよ」

と言った。でも、僕は壁が抜けられるような気がしたんだよ、と言いかえした。佐々木君の前で僕は何度も壁に体当たりをしてみせた。けれども体は向こう側へは抜け出せなかった。額が真っ赤になったので、佐々木君に、もういい、分かったよ、と止められた。でもあの時、もう少しで壁を抜けられそうな気がしていたのは事実なのだった。結局、僕は佐々木君に、君は超能力者ではない、と烙印《らくいん》を押されてしまうのだった。

サイボーグでも超能力者でも、王子でもない僕はいったい誰だ。僕は僕を捜し求めて歌を歌いだした。詩を書きはじめ、小説を書き出した。

「ロック歌手になる」

僕は思い込んで言った。誰ももう信じてはくれなかった。

「僕は作家になる」

もはや僕はただの嘘《うそ》吐きでしかなかった。

「僕は映画監督になってみせる」

みんなただ笑っているだけであった。僕もつられて笑ったが、心の中では、見ていろよ、と叫んでいた。壁だって、佐々木君に止められなければ抜けられたはずなのだ。問題は途中で諦《あきら》めてしまうかどうか、に過ぎない。

だから僕はこつこつと創作活動をはじめた。もう誰にも何も言わなかった。そのうち、誰かにみとめられることなんかどうでもよくなっていく。問題は自分自身に納得できるかどうかなのである。

小説も音楽も映画も仕事としてやってきた。けれど、まだどれも自分の中で満足をしていない。きっと死ぬまで満足しないのだろう。でもそういう仕事に出会えて僕は幸せなのかもしれない。いつまでも志を高く、上を見上げて歩いていける自分の思い込みの激しさに、僕は結局助けられて生きてきたのである。

好きな人と組みなさい

さて、「好きな人と組みなさい」である。初めてその恐ろしい言葉を耳にしたのは、確か僕が小学生の頃だったかと思う。遠足の時で、先生は僕たち生徒を二人一組にさせる必要があったのだ。バスの席を仲良しどうし座らせようとしたためだった。

「いい、それじゃあ、皆好きな人どうし二人一組になってちょうだいね」

僕が激しく動揺したのは、言うまでもない（そういえば余談になるが、生まれて初めて動揺というものを経験したのもあの時だったのだろうか）。僕は右往左往《うおうさおう》し、慌《あわ》てふためきそして最後には泣きそうになった。そう、友達付き合いのへただった僕には、僕と組んでくれるような友達がいなかったのである。そして僕がもたもたしているうちに、僕の周りでは次々に「二人一組」はできていったのだ。僕は僕と組んでくれる人を探しながら皆の中をくるくると回るのだった。

結局、クラスの人数が奇数だったため、僕は一人あぶれることとなってしまった。「二人一組」になった幸せそうな友達たちは、そんな僕をかわいそうにという目つきで見るのだった。

同じ経験をしたことがある人なら、その時の僕の気持ちを分かって貰《もら》えるかもしれないが、なんともいえない敗北感なのである。僕はこのクラスの中で必要のない人間なんだなと、ものすごーく暗い発想をしてしまい、どうしようもないくらいひねくれてしまうのだった（余談になるが、あぶれないためのコツは、友達を選んだり、迷ったりしないことである。一番近くにいる、できれば隣の人にさっと目配せして、しかもどこか強引にカップルになってしまうことだ）。

仕方なくその日は、先生と一緒に席に座ることになったのだが、折角の遠足も台無しであった。あれ以来、僕はクラスからあぶれたような気になり、暫《しば》くの間、人間不信に陥ってしまった。その後、友達が出来にくくなったのも、あの時の経験が大きく尾を引いていたに違いない。

その後も、体育や遊戯や理科の実験や課外授業の時などで、「好きな人と組みなさい」は頻繁に行われた。クラスの人数が奇数の時は、仕方なく先生と一緒に組むことになるのだが（これもダンスの時なんかはなかなか辛《つら》いものがある）、何といっても、クラスの人数が偶数の時がまた凄《すご》い。結局、最終的にあぶれる奴《やつ》がもう一人できることになるからなのだ。そうすると必然的にそいつと組まなくてはいけなくなる。こっちも変わり者だが、向こうもさすがに最後まで残るくらいだからすごーく変わっている。クラスにおける最強コンビの誕生である。ここで問題なのは、先生が言った「好きな人と組む」という意味からは随分と遠くなってしまうということであった。残ったものどうしが組むのだから、そこには大きな妥協が介在することになる。まあ、それも社会へ出るときのための訓練と割り切れば我慢しなくてはならないことなのかもしれない。そして先生たちもそうと分かってこの試練を与えて下さっているのだろう。僕は子供ながらに、そういうふうに受け取り、これは協調性のための訓練なんだと自分に言い聞かせることで、乗り切っていったような記憶がある。

それでもこんなことがあった。小学校の五年生の、絵の授業だった。お互いの顔の絵を描くために組む必要があったのだ。あぶれたのは僕と、無口なW子だった。つまり、男が奇数、女が奇数のクラスだったのである。男子と女子がひとりずつ余ったことになった。他はみんな男同士、女同士の組みだったのに、僕たちだけが男と女のカップルになってしまったのだ。クラスメートたちの熱い冷やかしを受けながら、僕たちはお互いの顔を写生しあうことになった。暫くして、無口なW子が、ごめんね私みたいなのと組むことになって、と呟《つぶや》いた。何いってんだよ、と僕は言ったが、W子の気持ちが痛いほどよく分かる気がして胸がふさがる思いだった。

僕は絵を描くのが得意だったので、一生懸命、彼女の気持ちに応《こた》えるために絵を描いた。皆がいい加減に写生していた中で、僕だけが、本気になって彼女の顔を描いたのである。それはまた僕自身の心の中を描くということでもあった。僕には、W子の顔の表面ではなく、裏側に隠されているもう一つの素顔が見えていたのだ。

W子は決して可愛《かわい》いというタイプの子ではなかったが、僕は彼女の顔を描くうちに、彼女の奥ゆかしい表情の美しさにも気づくことができたのだった。あの「二人一組」がなかったら、僕は彼女の存在にすら、ずっと気がつかなかったかもしれない。

そして、出来上がった絵は先生にも褒められるほどのものとなってしまった。クラスの連中も絵の中のW子を見て、感嘆のため息を漏らしていたのである。画用紙の中には、少し違った角度から見たもう一人の、そしてそれこそ彼女の本当の姿だと思うのだが、可愛らしいW子がいた。

二人はつきあったりすることはなかったが、それから「二人一組」があると彼女と組むことが多くなっていった。今もあの子の顔だけは、よく思い出すことが出来る。年中はにかんだ顔をした不器用な性格の女の子。あの子は、そして、僕自身でもあるのだ。

僕は六年生になると、遠くへ引っ越してしまったのでその後彼女と会うことはなかったが、画用紙に描いたW子の顔は今でも僕の心の中にはっきりと焼きついている。教訓。好きな人と組んでばかりいると人間、小さくまとまってしまうものである。

オナニー

自慰を覚えてしまったのはいつのころだろう。小学六年生の頃にみんながそのことについて突然話しはじめた記憶がある。でももうその時は自慰を僕は知っていた。

体育の時間の中に、月に一度だけ、男子と女子が分かれて授業を受ける日があった。つまり性教育の授業であった。

体育の先生は生徒たちにも人気のノッポ先生だった。ノッポ先生は教壇の上からこう言ったのだ。

「いいか、オナニーはしすぎるな」

男子一同大爆笑であった。教壇に上がってすぐに大きな声でそう言ったのだ。しかもチョークで、オナニーはしすぎるな、と書いたのである。

「オナニーをするな、とは言わない。でもしすぎると大変なことになる」

先生は微笑《ほほえ》みながら、じっと僕等を見回した。

「俺だってオナニーくらいした。全男性の九十五パーセント以上の者がするんだ。何も悪いことじゃない。動物だということだ。生き物なんだ。子孫繁栄、種の法則だ。仕方がない。でもしすぎてはダメだ。しすぎるとダメになる」

不良たちが、キャー、と叫び声を上げた。授業がこんなに盛り上がったことはない。ノッポ先生は子供と大人を区別しない立派な先生であった。だから、彼が真剣に僕等に伝えようとしている優しい大人の気持ちがよく伝わってくるのであった。

「いいか。人間も動物だし、先生も動物だ。エッチもする」

キャー、と全員が言った。先生がエッチをするところを想像したからである。

「あ、おめえら。想像しているな。想像しても構わない。それが現実だって。みんなどんな人も、警官も総理大臣も教師もみんな愛し合うんだ。だからお前らが生まれてきた。わかるか」

キャー、が続いた。あまりに授業が騒がしかったので、隣で授業をしていたY子先生が、何事ですか、と覗《のぞ》きにきた。キャー、が一段と大きくなってしまった。

「いや、先生。なんでもありません。その、人間のあるべき姿についてこいつらに話しをしていたところであります」

　Y子先生、黒板に書かれていた、オナニーをしすぎるな、という文字を見て卒倒しそうになった。顔を真っ赤にして戸に手をつき、逃げるようにして戻っていったのである。

「やばいところを見られたな」

　キャーは大爆笑へと変化した。

「先生、嫌われちゃうな」

　お腹《なか》が捩《よじ》れて苦しかった。

「しかしな。オナニーをしすぎると、勉強や社会生活に乱れがでる。そればかりに心が奪われてはいまはだめだ。今はお前たちはまだ大人でも子供でもない中途半端な時期だからな。何事も弁《わきま》えろ。大人になったら好きなだけしても構わない。しかし今は、せめて一週間に一度にしろ」

キャー。

「あのな。猿にな、オナニーを教えるとな。死ぬまでオナニーをしてしまうんだ」

キャー。

「でな、やりすぎて脱け殻になって死んでしまうんだ。人間だって、同じだ。オナニーばかりしていたら脱け殻になる」

キャー。

「個人差はあるが、いいか。人間が一生で生産できる精子の量にも限界がある。一升瓶で二本から三本くらいだ」

キャー。キャー。あまりに生々しすぎる。僕はとっくに引っ繰り返っていた。

「辻。お前、やりすぎてないだろうな」

何故か僕のところに矛先が回ってきた。いつもそういう時は僕のところに矛先が向く。

「いいえ。まだ覚え立てなので、週に一度です」

「よし、それをキープ!」

キャー！

かくして授業は大盛況のうちに終わり、クラスの者はみんなオナニーのしすぎに注意するようになった。ある時、同級生の宝田に僕は屋上に呼び出された。

「なあ、辻。俺よ、真剣に悩んでいるんだ。聞いてくれるか」

「なんだ」

「ノッポが言ってたろ。一生に生産できる精子の量」

「一升瓶二、三本」

「ああ、俺な、実はもうとっくに……」

キャー。

僕は引っ繰り返りそうになるのを我慢しながら、先生は個人差がある、と言っていたじゃあないかア、と言っておいた。あれから三十年、精子はまだ生産されている。確かに個人差があるようだ。でもノッポの教えてくれた素晴らしい教訓は役に立った。なにごとも腹八分目に医者いらず、ということだろう。

動物園で戯《たわむ》れる猿たちを見るたびに、あの性教育の時間のことを思い出す。きっと当時の仲間たちも同じに違いない。そうやってみんな大人になっていった。それにしても人間が生産できる精子の量っていったいどれくらいなんだろう。

学校

一つ君に言いたいことがある。つまり僕が言いたいのは、君はどうして学校に通っているのかということだ。学校に何故《なぜ》僕たちは毎日通わなくてはならないのか、明確に答えることができる者がどれほどいるだろうか。自分の意思で学校に行こう、と決めた人間がどれほどいるだろうか。僕はほとんどの人と同じように、そう決まっていたから学校に通ったクチである。最初から自分の意思で学校に通うようになったわけではない。幼稚園も小学校も中学校でさえ、僕は迷うことがなかった。なぜなら、行くのが当然だと教えられてきたからだ。「みんな学校へ行かなければならない」、それが義務教育なのだと、ある日両親が僕に教えてくれた。義務なら仕方がない。だからみんな疑うことなく学校に通っているのだ。高校や専門学校や大学は少し違うが、それでも今の日本の社会においては上の学校へ行かないわけにもいかない構造ができてしまっている。そうやって僕たちは少しずつ教育を受けて社会へと出ていくシステムを背負っているのだ。その間、僕たちは大きく疑うこともなく学校に通い続ける。

僕は小学校の六年生の時、一度だけその学校を疑ったことがあった。ほんの些細《ささい》なことがきっかけだ。友人のDが僕にこう言ったのである。

「よお、辻。どうして学校へ行くんだろうか？」

晴れた日の午後、学校帰りだった。

「さあ、どうしてかな？」

僕はそう言って笑った。Dもつられて笑い、そして僕たちは、いつもの交差点で右と左に別れた。Dと別れた後も、しかし僕はそのことがずっと頭から離れなかった。

次の日、僕は学校を休んだ。学校を休んだらどうなるのか、と考えたのだ。学校を無断で休むことは悪いことだと、両親に教えられていたから、ずる休みはそれなりに勇気がいった。休んだら、授業についていけなくなったり、みんなと話題を合わせていけなくなるのかもしれない、という恐怖があった。でも、僕は疑問を持った以上、それを試してみたくなったのだ。両親には、少し頭が痛い、と嘘《うそ》をついた。それから、僕は子供部屋に籠《こ》もり、パジャマのままじっと時計を見て過ごした。どうして学校に行かなくてはならないのか、僕は学校に行かないことでつきとめてみたかったに違いない。それまで僕は学校を一度も休んだことがなかったのだ。表彰されたこともあった。だから両親も、僕が休んだことを頭痛のせいだと疑わなかった。

静かに時間が過ぎていった。みんなが学校に行っている時間に、僕は一人部屋の中で時計を見ていた。それが学校へ行かない、ということだった。僕は、教科書を開いてみた。それからそれを閉じ、マンガを引っ張りだしてみた。しかしそれもすぐに閉じた。大好きだった絵を描いてみた。しかし二、三枚描いてみると、すぐに飽きてしまった。

僕はまた時計を見た。時計はチクタクチクタク時を刻んでいた。残酷だな、と思った。時間が過ぎていくのは残酷なことだな、と僕はその時思ったのだ。それから今頃みんな学校で何をしているのかを想像してみるのだった。一時間目は国語だった。二時間目は体育だった。そこに僕がいない、ということが不思議だった。どうして僕がそこにいないのか。僕はまた考えた。

夕方、呼び鈴が鳴って、降りていくと、玄関にDがいた。Dは心配そうな顔でこう言うのだった。

「どうした？　具合が悪いのか？」

僕は首を振った。

「じゃあ、どうして学校へ来ないんだ？」

僕は答えられなかった。肩を竦《すく》めて、分からない、と呟《つぶや》いた。Dはくすりと笑ってから、鞄《かばん》の中から給食のパンを取り出した。僕の分のパンだった。

「お前がいないと学校がつまらない。明日からちゃんと来いよな」

Dはそう言うと出ていった。僕は自分の部屋に戻り、そのパンを暫《しばら》く眺めた。それからそれを齧《かじ》ってみた。美味《おい》しくなかった。いつも学校で食べる時は、あんなに美味しかったのに、ぱさぱさなだけで、全然美味しくないのだ。

そして結局僕は翌日学校に戻った。普段と変わらずドッジボールをしてみんなと一緒に遊んだのだ。Dはうれしそうに僕にボールを投げつけるのだった。ボールがあたると痛かった。でも、その痛みが何故かうれしくて仕方ないのである。

これは教育ではなかったが、僕はあの時確かに学んだのである。学ぶことは、教えられることとは違う。自分で捕まえることなのだ。何故学校に行くのか、という問いに対して、僕はあの時から（間違えているかもしれないが）答えを一つ手に入れた。その答えは、友達に会うため、という答えだった。たったそれだけの答えだったが、僕は学校というものを理解したような気になった。今まで以上に好きになれたのだ。なんにも疑わずに生きてきたそれまでの自分とは随分と違う自分がそこにはいた。

今日まで、僕はいつも何故だろう、という疑問を捨てないできた。与えられた学校という社会を自分のものにするためにも、若者は疑問に対して怠惰にならないことを勧める。

一つ君に言いたいことがある。つまり僕が言いたいのは、君はどうして学校に通っているのかということだ。

もどかしさの行方

好きという気持ちはどこから来るのか？

小学校の時、光子という名の女の子と友達だった。いつもリボンを頭に結んでいた。大きなリボンが彼女のトレードマークみたいなもので、遠くを歩いていても、すぐに分かった。お父さんがいなくて、お母さんと二人で暮らしていた。お父さんが死んだ日からずっとリボンをつけているんだ、とぼくに教えてくれたことがあった。ぼくたちは仲良しだった。ぼくが辛《つら》い時はよく彼女に慰めてもらったし、彼女が辛い時は、ぼくが彼女の父親のような役目をしていた。もちつもたれつという関係だったのかな。ぼくは彼女が大好きだった。まだ好きと愛しているとの区別のつかない頃のことなので、厳密に言えば限りなく愛に近い「好き」だったと思う（余談になるが、ぼくは「愛している」という言葉より「好きだよ」という言葉の方が好きだ。大人になった今も、ほとんど「愛している」の方は使わない。たまに使うと嘘《うそ》臭くて、嫌な感じがする。だからぼくはとても誰かを愛している時、「好きだ好きだ好きだ」と三回好きだを連発したりしている。その方が、近づけた感じがするからだった)。

好きという気持ちがいったい何なのか、あの頃のぼくは、そして光子も、それを必死で探していたように思う。いまだに人を好きになる理由を見つけ出せなくて、困ってしまう時もある。「どうしてぼくはあの人が好きなのだろう」。突然どこからともなくやってくるその感情に、ぼくはいまだにとまどったりする。子供の頃はそれがもっと混沌《こんとん》としていた。誰もそんなこと教えてくれないからだ。

光子もそのことに関して凄《すご》く悩んでいたようだ。ある日ぼくは彼女に、いま一番好きなものを見せてあげる、と言って休み時間に体育館に連れだされたことがあった。一番好きなもの、という響きを聞いたのも多分生まれてはじめてのことだったと思う。

彼女がぼくに見せてくれたものは、消しゴムであった。苺《いちご》の形をした赤い消しゴム。当時匂《にお》いのついた消しゴムというのが出始めたばかりで、光子の持っていた苺の消しゴムというのは、テレビで宣伝していた話題の商品であった。値段も普通の消しゴム

の三倍もするもので、それを使っている子はまだクラスにはいなかった。

「あー、凄い。これ、テレビで宣伝している奴《やつ》だね」

ぼくがそう言うと、光子は、嗅《か》がしてあげる、と言ってその消しゴムをぼくの鼻先に押しつけたのである。仄《ほの》かな苺の匂いがぼくの鼻孔を刺激した。何故《なぜ》だか分からないが、その瞬間ぼくは目眩《めまい》がした。キスをされたような息の止まる一瞬だった。ぼくの目はつぶらな彼女の瞳《ひとみ》に釘付《くぎづ》けだった。光子は微笑《ほほえ》んでいた。ぼくに大好きな消しゴムの匂いを分けてあげたことで、秘密を教えた後の満足感のようなものを感じているようだった。

「私、何かに対してこんなに好きになったことなくて、どうしていいのか分からないの。毎日、この消しゴムのことを考えて、胸がはりさけそうなの」

彼女はそう言うとその消しゴムを小さな胸の中へ押し込んで抱きしめるような真似《まね》をするのだった。ぼくはじっとその姿を見ながら、少し消しゴムに嫉妬《しっと》していたのである。

「でもね、辻君。私もっとこの消しゴムのこと好きになりたいの。どうしたらいいと思う？」

そう呟《つぶや》いた光子の目は恋する少女のあぶなっかしい輝きを放っていた。ぼくは何も言えなかった。

それからしばらくして、ぼくは光子がその消しゴムを使っているのを見た。あんなに好きだった消しゴムをごしごしと使っている姿は、何かに取りつかれたような迫力があった。すぐにその理由を聞いてみると、光子はこう答えたのだ。

「好きになりすぎたから、もう一つ買って使ってみることにしたの。私の心の中にある消しゴムへの思いがどれほどのものか知りたかったんだ。こうやって普通に使っていくことで、好きだという気持ちへ近づけそうな気がしたの」

見ると、同じ消しゴムが鉛筆入れの中に入っている。そっちの方は使われていなく、まだセロファン紙も剥《は》がされていなかった。それで使ってみて自分の気持ちが理解できたのかい、と聞いてみた。すると、光子は首を左右にふりながら、分からないの、と呟いた。好きという感情にまだなれていなかった頃のことなので、ぼくにも光子の苦しんでいる姿がよく分かった。

それからしばらくして、多分、三カ月ほど経《た》った頃のことだと思うのだが、光子と一緒に下校していた時のこと。ぼくは急に消しゴムのことが気になって、あれはその後どうしたの？　と聞いてみたのだ。すると、光子は笑いながらあっけらかんと答えるのだった。

「あんまり好きだという気持ちがつのりすぎて、仕方がないから、さらにもう一つ買って、それを食べてみたの。食べたら、私の体の中で一つになるわけじゃない。そしたら、もっと好きになれるって思ったのよ」

ぼくは驚いて、彼女の顔を見たが、光子はもう笑ってはいなかった。ぼくはなんだか怖くなって、それ以上消しゴムのことを聞くことができなかった。光子の横顔が自分とは違う世界を覗《のぞ》きこんでいるような気がして……。大人になって、女の人と恋に落ちるたびに、ぼくは光子のことを思い出す。愛が進展しそうになると、いつも食べられない程度に愛されようと、ブレーキを掛けてしまうのである。

初恋

初恋は一つではなかった。幼稚園の時に一度。小学校の時に二度。中学校の時に三度。高校の時に二度。そして大学の時に一度。これらはすべて僕の初恋である。勿論《もちろん》、思い切って打ち明けたものもあるし、打ち明けられずに沈没したものもある。打ち明けて沈没したものもある。ははは。

その都度、これは初恋なのだ、と都合のいい話だがそれまでの恋をないものにしてきたのだった。それでも限界がある。いくら今までをすべてないものにしてしまっても、さすがに大学生にもなると、もう「これが初恋です」というのは嘘《うそ》になる。

大学の一年生くらいが、初恋の限界点ということになるのだろうか。

大人になって、どれが初恋だろう、と振り返ってみると、これだ、と決めることが

どうしてもできない。大学生までは子供なのだから、それまでにした恋はすべて初恋ということではダメだろうか、と考えた。思い出だけは自分のものだ。どう思い出してもそれは自由というものである。

中学三年生の時、僕は何度目かの初恋の最中であった。でもまたしても片思いだった。基本的に僕は片思いが好きなのだ。そっとその人のことを想像していられる時間が楽しかったりする。そうだ、とっても楽しい。

その子は僕の前の席に座っていた。ところが前の席に恋する女性がいるというのは目障《めざわ》り極まりない。先生の話しを聞こうと顔を上げると、そこに、かの女性の背中や項《うなじ》や長く美しい髪の毛があるのだ。とてもじゃないけど授業どころではない。いかんいかん、これでは落第してしまう。教科書へ視線を落として、じっと先生の声だけを聞いて一時間を凌《しの》いだ。それでもずっと教科書だけを見ていればいいというものではない。あまり頭を下げてばかりいると、血が登って息苦しくなってしまう。時々は顔を上げてしまうのは仕方のないことだ。それに下ばかり見ていると、先生に、辻、居眠りしているのか、と注意されてしまう。仕方なく顔を上げる。するとそこに恋するC・Sの髪の毛が揺れているのだ。ああ、いけない。僕はまた変態になってしまう。髪の毛をじっと見つめてしまうのである。なんて、なんて美しい髪の毛だろう。鼻息がかかりそうになるのを思わず我慢してしまい、ますます変態的な顔になってしまっていく悪循環であった。そんな時に限って、C・Sが、消しゴムを借りるために振り返ったりするのである。ああああああ、僕の顔の前にあの人の美しい顔がある。

「辻君、消しゴム」

むはー。どうすればいいのか。鼻息を我慢していたのに、その人が今は目の前にいる。唇まで十五センチというところじゃないだろうか。映画だったら、キスシーンの距離である。でも今ここで、口づけをしてしまったら、僕はただの、本物の変態の烙《らく》印《いん》を押されてしまうことになる。ぐぐぐぐっと我慢をした。

「はい、消しゴム」

「ありがとう。どっかに落としちゃったみたいなんだ」

洗い立てのシャンプーの香りが僕の鼻孔をくすぐる。僕は、笑顔を振りまきながら、心の中では彼女の名前を連呼している。恋をするというのは苦しいものだ。C・Sは

僕の手から消しゴムを奪うと前を向いた。奪ったのは僕の消しゴムだけではなかった。勿論、僕の心も。やれやれ。

僕の目は再び、C・Sの項や髪の毛をしらみ潰《つぶ》しに眺めていた。鼻息が荒くなるのを堪《こら》え、唾液《だえき》を何度も飲み干して、彼女が消しゴムを戻してくれるのをひたすらまったのであった。

「はい、ありがとうね」

C・Sは消しゴムを僕に戻した。ああああ! このままでは普通ではいられなくなる。恋とは本当にやっかいなものだ。打ち明けたい。打ち明けて、成就《じょうじゅ》したい。しかし打ち明けて、もしもだ、ふられたら、どうする? ふられたら、僕はどこを見ればいいのだ。もう二度と顔をあげることができなくなってしまうのではないか。だったら、顔を上げずに、俯《うつむ》いて過ごすしかない。それは地獄というものであろう。

翌日、僕はC・Sに新しい消しゴムをプレゼントした。

「どうしたの?」

「なくしたって言ってたからさ」

話すきっかけを作ったのだ。とにかく普通にしなければならない。しかし恋をしていると普通というのがこれまた異常に難しいのである。身体《からだ》中持て余してしまう。目線は宙を彷徨《さまよ》い。指先は落ちつかなく動き回り。足を何度も組み直し。まともに彼女を見ることができないものだから首の角度は異様な方向を向いてしまっている。普通にしなきゃ、と思えば思うほどに、普通ではいられなくなっていくのだった。

「わざわざ買ってきてくれたんだ。辻君って優しいんだね」

「なんも、これくらい」

足を組み直し、首の角度を少し変えて、咳払《せきばら》いをした。

「不便だろうなって、思ったからさ」

全然普通ではない。声は上擦っているし、心臓は飛びださんばかりである。ちらりとC・Sの顔を見る。あああ、もうダメだ。なんて可愛《かわい》いんだろう。やはり正面は凄《すご》い。目には世界中の光が宿っているのではないかと思うほどの引力がある。ううう、好きだあ！　ここで、このチャンスを逃してしまったらいけない。折角きっかけができたのだ。ここを逃したら、男ではない。僕は意を決した。

「あの、今日、一緒に帰らないか」

なんとまあ、アホな誘いかただろう。一緒に帰らないか、だと。そんな安保世代が口にするような浮いた台詞《せりふ》を口にして、今時の女性が喜ぶと思っているのかア。ところがである。C・Sは、いいよ、と言ってくれたのであった。その後はもう世界がどうなってしまったのか分からないくらいぼんやりと過ごした。ずっとC・Sの後頭部だけを見つめて放課後を待った。

かくして放課後、僕等は並んで家路についた。二人で並んで歩いていると、同級生が冷やかした。

「辻、お似合いだぞ」

僕は、ははは、うるさいかえるどもですね、と言って笑い飛ばすのだった。まだ中学三年生である。しかも田舎の中学生だ。喫茶店なんかに行くことはできない。だから僕たちは神社の境内から夕日を眺めることにした。

函館山の中腹にある神社の境内の石段に並んで腰を下ろし、沈む夕日を見つめていたのであった。僕はどのタイミングで告白しようか迷っていた。するとC・Sが、

「これからもずっと友達でいてね」

と言った。

僕はもう彼女を押し倒しそうなほどに興奮していた。

「も、も、勿論ですとも」

するとC・Sは微笑《ほほえ》んだ。

「ありがとう。じゃあ、文通してくださいね」

と言った。文通ときたか。待ってました。手紙は得意。勢い余って、彼女の手を握りかけた時、C・Sはこう言うのだった。

「急に転校しなければならなくなってしまって。来月、東京に転校するの」

「来月?」

「来月っていってももう二十五日だから、五日後」

「へ、どうして?」

「父さんが転勤するんで。向こうの学校に編入するの」

遠距離恋愛ということか。恋は前途多難である。

「そうか。折角仲良くなれると思っていたのに」

「友達じゃない。ずっと文通をしましょう。いつまでも友達でいようよ。消しゴム大切にするね」

僕とC・Sの文通は続いた。高校生になっても暫《しばら》くのあいだつづいていた。しかし、ある時、ぷつんと音信が不通になった。誰か好きな人ができたのかもしれない。最後の手紙に気になる人が転校してきた、と書かれてあった。こちらも新しい初恋をしてしまい、その後文通をサボってしまった。新しい初恋が本物の初恋ではないことが判明して、慌《あわ》ててC・Sに手紙を書いたのだが、それは受取人不在で戻ってきてしまったのである。

受取人不在の紙切れが貼《は》りつけられた手紙は暫くのあいだ僕の机の引き出しの中にあった。それがどこかへと消えてしまった頃、僕はまた新しい初恋をしていた。

満員電車の恋

予備校時代という空白の時代が僕には一年ほどある。最初の受験に失敗して、取りあえず東京に出てきて、やることがないから予備校にでも行くかというパターンの学生だった。ただし予備校にはほとんど通わなかった。真面目《まじめ》に通ったのは最初の一、二カ月だけだった。後はいわゆる宅浪になった。僕はある時、ぷっつりと予備校に通うのを止《や》めてしまうのである。それには今でも忘れられない事情があった。今回は恥を忍んでそのことを明かすことにしよう。

その頃、僕は東京の田無に住んでいた。そして予備校は高田馬場にあった。

西武新宿線の通勤快速を利用していたのだが、函館から出てきたばかりの田舎《いなか》の青年にとって、満員電車というのはもう一つ馴染《なじ》めない乗り物でもあった。ラッシュというのが函館にはなかったので、毎朝のおしくら饅頭《まんじゆう》状態は辛《つら》かった。見ず知らずの人が無表情で僕の体にくっついてくるのだ。公然と行われる痴漢行為である。仕方なくこっちがくっついていくこともあった。電車が傾くと足が浮いて数秒僕の体が宙に浮かぶこともあった。バランスを保つのが非常に難しかった。都会ではバランス感覚が必要なのだ、と僕はあの時に悟った。

あの子を見かけたのは、そんな満員電車の中でだった。長い髪を後ろで束ねて、いつも分厚い本を読んでいた。横顔がオードリー・ヘップバーンのような感じで、透明な印象があり、僕はすぐに彼女のことを好きになってしまうのである。一目惚《ひとめぼ》れだった。

何度か電車の中で見かけているうちに（いつも同じ時間の同じ車両に彼女は乗ってくるのだった）、僕は本当に彼女のことが好きになってしまったのである。何せ、田舎から出てきてすぐのことだ。まわりはみんな冷たく感じるし、東京にもまだ馴れていない頃のこと。あんな満員電車の中で、そんな可愛《かわい》い女の子と出会ってしまったら、恋をしないほうが若者じゃない。僕はいつしか彼女を朝の電車の中で探すようになっていたのだった。

そんなある日、なんと彼女が僕にぴったりと寄り添ってきた。勿論《もちろん》、ラッシュのせいでだ。僕はなんとか彼女とコンタクトを取りたかった。こんなチャンスは滅多《めった》にない。話しかければ、返事を貰《もら》えるほどの距離に彼女がいるのだから。目の前に彼女がいるというだけで、もう僕の心はどきどきのしっぱなしだった。なんとしても声をかけなければ、こんなチャンスはもう二度とこないかもしれない。

そこで辻青年は、自分が手に握っていた英語のノートの余白に、『満員電車は辛いね』というメッセージを書いて彼女が見える場所にそれをすっと差し出してみたのだった。

彼女は一瞬僕の方を見てから、そのメッセージを読み、くすりと微笑《ほほえ》んだ。まだ若いあの頃の辻少年は調子づくとどんどん突っ走るタイプだったので、すぐに次のメッセージを書いてみた。

よく、この電車で君を見かけていたんだ。学生？――

すると彼女は、小さく頷《うなず》いたのである。僕は彼女から返事が返ってきた嬉《うれ》しさが逃げないうちに、また次の一文を書いた。

僕も学生だよ。——

すると彼女は、僕が握っていたペンを取ると、こう書いたのであった。

どちらの大学生さんですか？——

僕の一生の後悔はあの時、起きた。どうしてあの時、僕は正直に、予備校生です、と言えなかったのだろう。一瞬魔が差したのだ。僕は自分が志望していた大学の名前をふっとそこに書いてしまうのである。愚かなことをしたとすぐ後悔したのだが、もう遅かった。すると彼女は目を輝かせてこう書いてきた。

私は予備校生なんです。先輩の大学を来年受験するつもりでいます。——

そう書かれて、目の前が真っ暗になっていた。僕の顔を覗《のぞ》き込んで微笑む彼女を、僕はまっすぐに見つめ返すことができず、あやふやに視線を逸《そ》らすのだった。

あなたはどちらの予備校ですか？　と僕はもう一つ質問をしてみた。すると彼女は僕が通っている高田馬場の予備校の名前をそのノートに書いたのである。

電車が駅に着くまで、僕は大学生活について質問を受けてしまった。キャンパスはどうなっているのか、学生食堂は広いのか、図書館は充実しているのか、クラブ活動は何をしているのか、学生運動なんかも盛んなのか。僕はそれに一つずつ答えた。勿論空想でである。

電車は高田馬場に着き、彼女は降りた。しかし僕は降りなかった。西武新宿駅まで行かなければならないからと、もう一つ嘘《うそ》をついて……。

また、電車の中で会えるのを楽しみにしています、と彼女は最後は声に出して降りていった。まもなく発車のベルが鳴り、閉まった扉の向こうで、彼女がぺこりとお辞儀をした。敬意を込めたお辞儀だった。

僕はそのまま、躊躇《ちゆうちよ》せずに新宿の楽器屋へ出掛けていった。そしてギターを無理して一台購入した。次の日から予備校には行かず、家でギターの練習にあけくれるのだった。

再会

先日母校の函館西高等学校で講演会のようなものをした。講演と言っても、話すより歌うほうが多かったから、ほとんどコンサートと言った方がいいようなものだった。講演会が終わり外に出ると、二人の女性が僕を待っていた。一人は僕が高校の時に大変お世話になった先輩の直子さんだった。そしてもう一人、直子さんの横におとなしそうに佇《たたず》んでいる女性がいた。大変綺麗《きれい》な方だったが、僕の知らない人だった。

「辻君、元気だった？」

直子さんとは十年ぶりの再会になる。顔を出すからという連絡は受けていたので心の準備はできていたけれど、やはり昔の友達に会うのは心が揺さぶられるものだ。今はお子さんがいらっしゃるとのことだったが、十数年も経《た》っているとは思えないほどちっとも変わってはいなかった。高校時代は「姐御《あねご》、姐御」と随分慕った方であった。

「ねぇ、彼女のこと覚えている?」

一通り挨拶《あいさつ》がすむと、直子さんは隣にいた美女の方に目配せした。

全く見覚えがなかった。それでも、覚えている? と聞かれて、覚えがない、というのは失礼になるので、

「ええと、なんとなく覚えてはいるんですけど、どちらさまでしたっけ」

と惚《とぼ》けてしまった。次の瞬間に直子さんのこぶしが僕の肩をどついた。

「あんたねぇ、忘れたなんて言わせないわよ」

まるで僕がその人をかつて騙《だま》し、散々傷つけたような口ぶりだった。僕はいきなりそんなことを言われたので、うろたえてしまった。記憶の糸を辿《たど》ってみるが、中々思い出せない。マネージャーをしている弟が、そんな僕を見て、巧《うま》く場を取り繕ってくれた。

「まあまあ、昔のことはゆっくり思い出すのが一番。どうです、再会を祝して、みんなで豚カツでも喰《く》いに行きませんか?」

どうして再会を祝して豚カツなのか、僕には分からなかったが、僕たちはとりあえず弟の言う通り豚カツを食べに行った。豚カツ屋に着くまでの間も、僕はずっと彼女のことを思い出そうとしたのだが、結局思い出すことはできなかった。豚カツ屋で弟は僕の足をつついて、本当に覚えていないのかよ、と囁《ささや》くのだが、僕は何度顔を見ても思い出せない。いつまでもそんな状態で誤魔化《ごまか》し続けるわけにもいかず、僕は腹を決めて正直に謝ることにした。

「すいません。もう一つ思い出すことができないのですが……」

その女性の顔が曇る。怒っているようでもあり、泣きだしそうでもある。やばい。

すると直子さんが、しようがないわね、と助け船を出してくれた。

直子さんが言うには、彼女は僕の一級上の先輩で、Fさんと言われるのだが、どうも僕が当時恋い焦《こ》がれていた先輩だったらしいのである。僕はいつも直子さんを捕まえてはFさんのことをあれこれ聞いていたのだ。しかしFさんにはスポーツマンの彼がいて、年下の僕には高嶺《たかね》の花であった。そんなある日、僕が高校三年生の時のことだが、たまたま東京の大学から帰郷していたFさんを駅前で見つけて、僕はなんと彼女に声をかけてしまうのだった。つまりナンパしたのだ。そこまで話を聞いて僕の脳裏に薄日が差した。

「おお、あの時の」

いいかげんな話だが、僕の頭の中にむくむくとFさんの思い出が蘇《よみがえ》ってきたのである。しかし、やっと僕が思い出した時はもう遅かった。当たり前の話だが、すっかり彼女は怒っていたのである。ナンパされた私が覚えていて、ナンパした辻君が忘れるなんて失礼ね。そう言ったわけではないが、顔にはそんなふうなことが書いてあった。

「とにかく、思い出して良かった。さあ、みんなで乾杯しましょう」

機転のきく弟がまたまたその場を巧く取り繕って、場は和やかな雰囲気へと戻っていくのだった。

彼女の話によると、ナンパしたはいいが、僕が彼女に対して交際を求めたわけでもなく、喫茶店に行くと、一人でぺらぺら自分の未来について喋《しゃべ》りだしたのだそうだ。僕は作家になりたいし、ミュージシャンにもなりたいし、できれば映画監督にも……云々《うんぬん》と。彼女は呆《あき》れながらも、僕の話を聞いてくださったのである。

そう言えば君は凄《すご》く生意気だったもんね、と彼女は当時を振り返りながら言った。相当変な高校生だったことは間違いない。インパクトだけは誰にも負けない自信があったものだ。それにしても、本屋で偶然見つけた「辻仁成」の名前に覚えがあったというのだからFさんも凄い記憶力の持ち主である。さすが僕が憧《あこが》れただけの女性だ。

十数年も前のしかもほんの一瞬の出会いであったにもかかわらず、ずっと覚えてもらえていたことに、僕は恐縮しながらも、なんとも言えない感激を持つことができた。

調子のいい話だが、今はもうすっかり学生だった頃の彼女を思い出すことができる。直子さんにはまた叱《しか》られそうだが、学校の廊下をブルーの夏服を着て歩いているFさんの姿が、目をつぶればはっきりと浮かんでくるのだ。

再会は素晴《すば》らしい。彼女は僕の記憶の中で永遠になった。

恋愛の達人

最近はよく恋愛の達人と言われる。

恋愛小説なんかを書くものだからそう言われるのだが、実際のところは達人ではない。僕は恋をするたびに、恋の仕方が思い出せず、恋愛毎《ごと》にいつも初心者に戻ってしまっている。だってさ、マニュアル通りに誰かを好きになるというのは、おかしいよね。人それぞれ愛し方愛され方は違って当然なのだ。

僕はその都度、迷うし、本気だし、どうしていいのかわからなくなってしまうのだ。でもそれがいいのだろう。だから恋愛小説なんかが書けるのかもしれない。下手な鉄砲も数撃てば当たるし、数撃っているうちに、いろんなことが分かっていくものなのである。

高校生の頃に付き合っていた愛子は、清廉《せいれん》なイメージの女性だった。生徒会の会長なんかをやるような真面目《まじめ》で頭のいいおとなしい子であった。どうやって口説いたのかは分からない。でもある時、僕等は一緒に帰るようになった。僕はその頃、一人で倉庫のような場所に住んでいた。楽器とか、本とか、レコードとかが山積みにされたニューヨークの画家のアトリエのような不思議な場所であった。彼女はそこによく遊びに来てくれた。僕はまだ童貞だった。でも彼女は処女ではなかった。

変な言い方だが、いつ少年や青年は童貞をみんな無くすのだろう。これは学校では教えてくれない。自然に任せられている。でも本来ならば自然に任せてはいけないものなのかもしれない。だから僕等は「週刊プレイボーイ」とか、仲間たちから情報を集めて、童貞を無くす時期などを話し合ってきた。

倫理社会の時間では教えてくれないのだ。保健の時間だって、教えてくれない。先生たちに性の知識がないわけではない。しかし、何故《なぜ》かみんな恥ずかしがる。これが若い先生なんかだともっと恥ずかしがる。確かに恥ずかしいことだが、きちんと教えないものだからどんどんみんな恥ずかしくなるし、どんどん童貞はいつなくしていいものかわからなくなるのだ。

昔の日本はおおらかだった。江戸時代の風呂《ふろ》屋は男女混浴が相場であった。見せていればなれる。話し合っていれば普通になる。隠そうとしたり恥ずかしがれば、それは淫《みだ》らなものとなってしまうのは当然なのである。で、仲間うちの間違えた知識だけで物事が進むから、援助交際までもが一般化してしまう。これはどこに問題があるのかな？

「じゃあ、仁成先生、童貞はいつなくせばいいんですかア」

答えは簡単。そんなのいつでもいいのである。小中学生でもいいのか、と言われればそれはダメだ。そこにはまだ自覚がない。高校生ならいいのか、と言われても言葉は濁る。確かに、いつならばいい、と言い切るのは難しい。二十歳を過ぎてからというのじゃあ、当たり前すぎる。うーん、いつならいいんだ。

しかし問題なのは愛だ。ださいと思うかもしれないが、愛があればすべては許される。別に将来を誓ってから抱きあえというのではない。愛していると思えれば、まずオッケー。オッケー！　あとは気持ちだよ。そして最後は神様に相談しよう。

話しを戻すね。僕はその時、童貞だった。ちなみに僕は大学生の時に、大学時代の初恋の相手と一つになりました。はい。二十歳を越えていたから、遅かったかもね。でも高校生の頃は完全な童貞だった。そして愛子は処女ではなかった。

「わたしね、処女じゃないんだ」

愛子は言った。当然、僕はうろたえた。だって、愛子は生徒会の会長とかやっていた優等生だったんだから。真面目な顔でいつも授業を聞いていたそんな子が処女じゃない。ああああああ、僕がうろたえないわけがない。

僕らは裸になりベッドにもぐり込んでいたんだが、その一言が僕の精神を痛めつけてしまって。ははははは。青春の蹉跌《さてつ》ってやつです。

彼女は僕とは別に年長の恋人がいたのだった。そのことをそこではじめて告白されて、僕はさらにうろたえてしまうのだった。しかもその恋人は某私立高校の有名な不良であった。なんという青春の苦悶《くもん》。僕はベッドの中で萎縮《いしゅく》してしまって、エッチどころではなくなってしまうのだった。

「その人と俺と二人と付き合うんだ？」

「そうじゃない。辻君の方が好き。でもあいつ私を自由にはしてくれないの」

まるで任侠《にんきよう》映画のようじゃないか。僕はどうしたらいい。相手は私立高校の番長である。なんてこった。

「辻君。私を奪って。その人から」

おいおいおい。奪ってって言われても。まだ俺高校生だし。愛さえあればなんとかなるだと。どこの偉い作家さんだよ、そんな無責任なことをいいやがって。

「愛子のこと、凄《すご》く好きだ。でも俺、まだ童貞だし、やり方もわからない」

愛子はじっと僕の目を見た。可愛《かわい》い目をしていた。

「辻君、私に任せて」

ちなみにその前の晩、僕は自動販売機まで走って、その手の雑誌を買いあさっていたのである。なになに、女性のリードの仕方。こういうふうに女性は抱きしめろ。キスの仕方。ふむふむふむ。凄い。明日僕等はこんなことをするのだろうか。恐ろしすぎて、眠れないよー。

徹夜で読破したせいもあって、もう眠くて仕方がなかったのも災いしたのだった。抱きしめようとしても、力が入らない。体に全く力が入らなかった。いくら愛子が愛情を注いでくれても、僕は結局童貞を捨てることはできなかったのだった。

「ごめん」

情けなくて、穴があったら入りたかった。

「いいのよ。いいの。気にしないで。私みたいな女だからできないのは仕方ないものね。ごめんね。謝るのはこっち」

ああ、女の子をこんな気持ちにさせるのは辻家の恥。どうしたらいいんだ。こういう時、どうしたらいいのだろう。ねえ、作家の辻さん。未来の僕! こんな時、どうしたらいいんだよー。だからさっきから言ってるじゃん。愛だよ。愛?

そう、愛です。最後は気持ちだって。やってごらん。

仕方なく、僕は童貞のことなんか忘れて彼女をそっと抱きしめた。そして素直に好きだと呟《つぶや》いた。彼女は腕の中で泣いた。心が通じたのだった。肉体は一つにはなれなかったが、僕等は心を通じ合わせることができたのである。これでいいのだ。

四十歳を越えても、その時の経験は忘れられない。童貞を捨てて二十年ほどが経《た》つが、苦い経験はいまはとても美しく切なく残っている。若者よ、恐れないことだ。性教育が教えてくれなくとも、愛は本能なのである。本能に従えば必ずいつかは成就《じょうじゅ》する。猿だって、犬だって、蛇だって、ペンギンだって、誰からも教えられなくとも愛の仕方を知っているのだ。人間に出来ないはずがない。愛の本質だけを見つめていけばかならず愛するものと結ばれる。でもそこには基本に愛。次に気持ちなのである。そして最後は神頼み。

はははは、性教育の先生みたいになってしまった。今週の授業はここまで。

数年前、僕は愛子に電話を掛けた。古い電話帳を頼りにかけたのだ。いないだろうと思いながらも掛けてみた。しかし彼女が出てきたので僕は驚いた。

「辻君？」

「ああ、元気？」

ふふふ、と愛子は笑った。

「昔から人を驚かすのが好きな人だったものね。何十年も経っているのに」

「そうだね」

「活躍してるね」

「ありがとう」

僕は電話を切る直前、あのね、あの時ほんとうに好きだったよ、と言った。彼女は、うん、わかっていたよ、と答えた。受話器の後ろで子供の声が弾《はじ》けた。

疾風時代

道端でやるからロックなんだ

今やバンドブームも去ってしまったが、それでもまだまだバンドをやっている奴《やつ》の数は多い。今回はぼくが生まれてはじめて組んだバンドの話だ。

バンドを結成するのは大変難しい。ぼくなんかただでさえ気難しいのに、他人とチームを作るというのは非常に苦痛を伴う作業でもあった（エコーズというバンドにぼくは十年以上も在籍していたことになるが、自分でも信じられないことである）。それでもバンドは組みたい。やっぱりバンドの一員という響きには憧《あこが》れるからね。

ぼくが生まれて初めて組んだバンドは「極道無宿」という名前のバンドだった。いやー、思い出しただけでも恐ろしい名前だ。バンド名を決めようというときにたまたま目の前をダンプカーが通りすぎて、そこに「極道無宿」というステッカーが貼《は》ってあっただけのことなのだが、なんの因果かそんな名前になってしまったのである。イージー？　そうイージーだったね、あの頃は何をやるのも。でもそのイージーさがまた楽しかった。自分は極道無宿のメンバーだと思ったその時から、ぼくは肩で風を切って歩いていたんだから。知らない学校の奴らに喧嘩《けんか》を吹っ掛けられた時なんか、つい口が、「俺はな、極道無宿のメンバーなんだぜ」なんてうそぶいている始末で、当然そのあとがんがんに殴られてしまったんだけど、殴られながらなんだか嬉《うれ》しかったりして。ただの変態か、お調子者って感じだったけれど、そういうのって男の子ならわかるだろ？

ぼくはまだ中学校二年生で、場所は北海道の帯広だった。堀田君という一級下の男の子がいて、彼は凄《すご》くギターがうまかったんだ。年下なのに尊敬できる奴というのがいたのは後にも先にも彼だけである。なんと言っても彼はスリーフィンガー（三本の指を使って弾く奏法）ができたし、コードはいっぱい知っていたし、チューニングだってすいすいできたんだから。その頃のぼくはと言えば、通信販売で買ったギターを持ってはいたが、チューニングもろくにできなかったし、コードだってAマイナーくらいしか知らなかったのである（いまだに作る曲はAマイナーから始まる曲が多い。あまり進歩がないのかね）。

ぼくがロックミュージックに早い時期に目覚めることができたのは、彼の影響もあったのだ。なんたって彼は中一なのに、すでにロックのことなら何でも知っていたのだから。ませたガキだったわけだ。ボブ・ディランやCCRやオールマンブラザーズバンドなんかは彼から全《すべ》て教わったのである。勿論《もちろん》、ビートルズだって彼から教わったのだ。ある日彼はぼくの家に一枚のレコードを持ってきて、これがビートルズだぜ、と言ったのである。『ストロベリーフィールズフォーエバー』という長いタイトルの曲だった。サイケなナンバーだったが、ぼくはそれを聞いた瞬間から世界観が一変してしまったのだ。あれほど感動したことは、今日までの人生でもそうはない。ああ、バンドって凄いな、ロックって凄いな、と心はうち震えていたのであった。

というわけで、我々は極道無宿を結成することになるのだが、メンバー構成がまた凄かった。リードギター堀田和義、サイドギター辻仁成、以上。以上？　そうなのである。ドラムもベースもキーボードもいなかった。たった二人のロックバンドだったのである。今でこそ、二人組のロックデュオが流行《はや》っているが、当時はまだ打ち込み音楽なんてなかった頃だし、ロック自体が社会に認知されていない頃のことである。二人でやっているのはフォークと大抵は呼ばれていたのだが、ぼくらは胸を張ってロックバンド極道無宿だと威張っていたのだ。情けないのは、二人とも生ギターしか持っていなかったということだった。リードギターのパートなんか、てろてろなんだもの。グイーン、といきたいところで、てろてろだから、仕方がないので、オーイエー、とか、ウー、シェーキンシェーキンなどの掛け声でごまかしていた（いまだにその癖は直っていない）。

　それに、ぼくたちはよく近くの田んぼで演奏をやった。彼の家とぼくの家の間が広い田んぼになっていて、そこなら大きな声を出しても誰にも迷惑がかからないからだった。時々農家のおばちゃんが、ご苦労さまです、と言っては通りすぎて行くのであった。

　しかしこれはよく考えると、ロックの王道を行く行為そのものなのである。かのTHE WHOというブリティッシュロックバンドの大御所ギタリスト、ピート・タウンゼントはこう言っている。「でかい音でやるからロックではない。道端でやるからロックなのだ」とね。ということはぼくたちは最初に結成したロックバンドで既にロックの神髄をマスターしてしまっていたことになるのだ。ピート・タウンゼントの言葉は、これからロッカーを目指そうとしている人達がいたらぜひ覚えておいてほしい言葉だね。ぼくなんかも自分のスタイルを見失いそうになった時は、ふらっと道端に出掛けていって今でも歌っているんだからさ。原点という言葉はあまり好きではないけれど、まあ初心を忘れるなということだ。

極道無宿のレパートリーは、コピーをするのがめんどーくさいということもあって、最初からオリジナルソングであった。『遠い遠い国へ』というのが、その時ぼくたちが作った曲である。「遠い遠い国に行きてぇ、行きてぇ」とがなりたてるだけのたわいもない歌であったが、そこには辻仁成の、今日までに連なる熱き情熱があったと言える。

最初のバンド、極道無宿は、ぼくが高校三年生の時に函館へ転校しなくてはならなくなり、あえなく解散となった。堀田和義は現在北海道新聞社に勤めている。

空飛ぶ円盤事件

高校三年生の頃のことである。受験も迫っていて、本当は遊んでなんかいられない時期のことであった。あの頃はまだ『11PM』という深夜番組が放送されていて、よくUFOの特集番組を放映していた。

その番組の影響もあって、ある時、僕のクラスに熱心なUFO同好会なるものが結成された。五、六人の小さな会ではあったが、みなUFOについて非常に真面目《まじめ》な連中で、もちろんみんな宇宙人を信じていたし、時々、校舎の屋上でUFOを呼ぶ儀式なるものもしていた。僕は会員にはならなかったが、仲の良い連中だったので、準会員のような扱いで時々彼らの活動に参加していたのである（活動といっても、UFOの番組を見た翌日にそのことについて議論をしあうのが主で、時々、宇宙人顔の八百屋のおじさんがいるという噂《うわさ》の調査をしたり、UFOを呼ぶ儀式をしたりする程度のサークルではあったのだが、メンバーはみな一様に真剣で、UFOのことをもっと独自に研究して、きたるべき未来に備えよう、と盛り上がっていたのである)。

ところが、ある放課後、その会に入会したいと、隣のクラスのシンキチという男が訪ねてきてから、会の様子が一変した。あまりよく知らない生徒だったせいもあり、僕たちはやや警戒したが、入会させてくれたら、僕が撮ったUFOの生写真を公開してもかまわない、と自信気に言うので、僕たちの心は動いた。

雑誌なんかでは見たことはあったが、生のUFOの写真など僕たちは誰も見たことがなかったのだ。それに、そのシンキチというのがまた変わった男で、顔は一応みんな知っているのだが、影が薄いというのか、向こうから訪ねてこなければ、その存在すら消えてしまいそうな印象の少年だったのである。それだけに、彼の突然の出現は信憑《しんぴょう》性を帯びて僕らの前に立ちはだかった。そういう奴《やつ》だからこそ、UFOとコンタクトできるのではないか、などというような憶測が、シンキチと別れた後、僕たちの間で広まったのである（そういえば、僕はその晩なぜだか興奮して眠れなかったことをいまだによく覚えているのだ）。

さて、その翌日、僕たちは屋上に集結して、シンキチが持ってくるというUFOの生写真を待った。待つこと十五分、シンキチが颯爽《さっそう》と登場した。

僕たちはシンキチを囲み、彼は僕たちの顔を、一人一人ゆっくりと見回した。その時の僕は、自分の学校にこんなにスゴイ奴がいたのかという、新たな感動に胸を揺さぶられていたのである。シンキチはまるで、救世主のようだった。彼は、ゆっくりと僕らの顔を一巡した後、ポケットからおもむろにその写真を取り出したのである。おお。どよめきが沸き起こった。シンキチの手から誰かが、それを奪い取った。みんなは慌《あわ》てて、その男の脇《わき》へ回り込み、その写真の中を見た。そして、目を丸くしてその生写真を睨《にら》みつけていた。僕は、見せてよ、と大声をあげてその写真を男の手からも ぎ取ると、覗《のぞ》き込んだのである。なんとそれは、宙を舞うお皿の写真であった。

僕たちが、シンキチを睨みつけると、シンキチは真面目な顔をしてこう言い放った。

「信じた者にしか、UFOは見えないものなんだよ。素晴らしいUFOだろう？」

僕たちは、みんなでいっせいにシンキチを怒鳴りつけたが、彼は逆にそんな僕たちを叱《しか》りつけたのであった。

「親切でせっかく大切なものを見せてやったのに、信じようともしないで、そんな目をしていたら、絶対にUFOなんか見ることはできないぞ」

そして、その事件を機に、UFO同好会は腰砕けになり、結局自然消滅をしてしまうことになった。僕たちはUFOというものの熱から急にさめ、再び受験勉強へ向かうようになっていくのだった。

高校を卒業すると、僕たちはみんなばらばらの世界へ飛び出していき、もうUFOどころではなくなっていった。僕もそうで、最近はUFO番組をやっていても、もう見ることもない。なんとなくわかってしまった、気がしたのである。

最近、当時の仲間（UFO同好会のメンバーも数人いたのだ）と田舎《いなか》で飲む機会があった。その中の一人が、シンキチの話をしだした。道端でばったりあって、懐《なつ》かしさのあまりお茶を飲むことになったらしいのだが、話がひとしきり盛り上がったあたりで、シンキチは昔のようにポケットからおもむろにUFO写真を取り出して見せたのだそうだ。もちろん、それは明らかに鍋《なべ》の蓋《ふた》が宙を舞っている写真だったそうで、

僕の旧友は怒りだし、

「まだ、そんなことをしているのか」

と言ったそうだ。シンキチは、昔と変わらず、

「信じるものにしか見えない」

と反論をし、二人はいい年をして、結局その店で大喧嘩《おおげんか》になってしまったのである。みんなはお腹《なか》を抱えてその話を笑っていたが、僕はなぜだか笑えなかった。確かに僕は最近、何かを信じることを忘れてしまっている。誰かが熱を持って信じているもののことを話しているのを、クールに聞いてしまうのである。そういう自分が、時々寂しくなる。裏切られたっていいから、もっと何かを信じてみたい。そう思うのだ。バカを見るのが怖くて、片っぱしから疑ってかかっている自分の方が笑われるべきなのかもしれない、と。

信じるものは救われる、か。……信じてみたいな、もっと。

バレンタインデー大作戦

毎年、その日は男にとっては試練の日なのである。バレンタインデーなんてものを考えたのは聖バレンタインだったか。事情はよく知らないが、多分立派な事情があるのだろうが、余計なものを生み出してくれたものである。

この日、日本中の男子生徒は下駄箱《げたばこ》を開けるのが怖くて仕方がないのである。打ち明けられないカップルを救うためにバレンタインデーを思いついたのならば、チョコが貰《もら》えなくて寂しい思いをしている男たちはどうなってもいいというのか。そういうところまで是非、想像してほしかった。

この時期になると、一週間ほど前から、女子に急におべっかを使いだす奴《やっ》まで現れる始末。そんなことまでしてチョコがほしいのか、とそいつらを捕まえて文句を言うが、チョコほしくないのかよ、と返され、あまりの情けなさに男のプライドはずたずたなのであった。

あの頃、僕は毎年眠れない日々を過ごしていた。我が母校、函館西高等学校は坂の上にある高校で、だから女子生徒の足は太いという定説がある。足は太いが可愛《かわい》い子が多いというのも定説で、それは元々女子校だったことに由来している。つまり男子よりも若干女子の方が多い学校なのだ。だから、チョコを貰えない男というのは相当情けない男ということになるのである。

何故《なぜ》、下駄箱にチョコなのかは分からないが、バレンタインデーの朝は下駄箱にチョコというのが相場である。だから朝っぱらから憂鬱《ゆううつ》なのだ。

前日、男子はほとんどが憂鬱な顔をしていた。ジェームス・ディーンにそっくりな甘いマスクを持った物凄《ものすご》く持てる奴がいて、そいつだけが余裕の笑みを浮かべていた。

「くやしいな。なんだよ、あの余裕。俺たちのこの寂しい気持ちがあいつには一生わからねーだろうな」

みんなにジェイミーと呼ばれている高木正平は、毎年入りきれないチョコが下駄箱からこぼれ落ちるので有名であった。こぼれ落ちたチョコを盗もうとして野球部の男子生徒が女子につるし上げられたこともあった。なんとも情けない奴。そんなことまでしてチョコがほしいのか。

ああ、でも、ほしい!

顔ではほしくなさそうにしてみせても、心ではとってもほしいのである。それが男心というものだ。いつの頃からか義理チョコというものが生まれて、救われる人も多く出たが、一九七〇年代の後半にはまだ義理チョコは存在しなかった。

だからチョコは本命にしか送られなかったのである。

バレンタインデーの前日、僕は友人の小林君ことコバが、駅前の不二家でチョコを買っているのを目撃した。こそこそ店に入っていくその姿には、悲しみが滲《にじ》みでていた。コバは今まで一度もチョコを貰ったことがなかった。今年も貰えないんだろうな、とみんなにからかわれていたのだ。武道家だったので、そんなこと気にもしていないだろうと思っていたが、青年の心は傷ついていたのであった。

コバは自分で買ったチョコを翌日、自分の下駄箱の中から発見するのである。彼は、

それを見せびらかすように、教室に入ってきて、

「僕のところにもこんなものが」

と言うのだった。なんとも哀れ。聖バレンタインは男の敵なのだ。コバは立派な武道家であった。そんな男にこそチョコを買いにいかせたこの悪《あ》しき外国の習慣を僕は憎む。あの男の中の男をこんなに惨《みじ》めな存在に低めた聖バレンタインが許せない！

例のジェイミーは抱えきれないチョコを持ってきて、哀れな男子生徒の前にばら蒔《ま》き、良かったら、どうぞ、と言うのだった。よせばいいのに、ごっつあんです、と手を伸ばす情けない輩《やから》もいて、バレンタインデーは葬式のような寂しさとなった。

「辻、今年は無しか」

ジェイミーとは高校一年生の時に、一人の女性を奪い合ったことがあった。その時は僕の誠意が勝って、女性は僕と交際をしてくれた。そんなことがあっただけに、ジェイミーは僕を目の敵にしてくるのである。

「下駄箱は綺麗《きれい》さっぱりだった」

僕はそう言った。ジェイミーは鼻で笑い、良かったら、とその一つを放り投げた。遠くから女生徒がそれを見ていた。お前ら、なんでこんな馬鹿な男に惚《ほ》れるんだよ、と僕は心の中で叫んでいた。僕は彼が放り投げたチョコを拾い、

「結構毛だらけ猫灰だらけ」

と訳の分からないことを口走り、ジェイミーの机の上に戻したのだった。

放課後、しょげて下校していると、一人の女生徒が走ってきた。隣のクラスのマドンナである。彼女は鞄《かばん》からチョコを取り出し、それを無言で僕に差し出した。目が点になった。思わず、受け取ってしまった。誰も見ていない。一瞬の出来事である。

淡い光が彼女の頬を染めていた。走り去る少女のいたいけな姿がいつまでも心に焼きついて離れなかった。バレンタインデーか、すばらしい思いつきだ、と僕はその時、聖バレンタインに感謝をしていた。何故か、ジェイミーのことも許してあげることができた。コバのことも許してあげよう。みんな幸せになってほしい。不幸なんか幻想だよ。

僕はチョコを頬張りながら夕日に向かって、愛しているよー、と叫んでいた。ああ、

なんて現金な奴だろう。現金な青春であろう。現金な時代だったのだろう。でもこれでいいのだ。青春とはそういうものなのである。

退部

僕は高校の頃柔道部に在籍していた。柔道部に入部した原因は、入学してすぐに行われたクラブ紹介の時に、同級生の高原が僕を誘ったからだった。

「一緒に柔道やろうぜ。柔道はなんと言っても男のスポーツだからな」

当時から僕はすぐ人の意見に左右されるタイプだった。高原が、「柔道を知っておけば世界に出た時にも馬鹿《ばか》にされずにすむ」だとか、「喧嘩《けんか》も負けなくなる」だとか、「精神も鍛えられて受験に有利」だとか、「段を持っていると女の子にもてる」だとか、いろいろ言うものだから、乗りやすいタイプの僕はすぐその気になってしまったのだった。

それに高原とは何故《なぜ》か気があって、短い期間に親友のような間柄になっていた。登下校も一緒だったし、よく放課後は繁華街へ遊びに行ったりしていたのだ。彼と同じ部だったら三年間は楽しくなるだろうな、という考えも勿論《もちろん》頭の中にはあった。

かくして僕たちは、他の一年生たち数人とともにその日から柔道部員になったのだった。ところがである。入部して半年ほどして突然、高原が部を辞めてしまったのだ。僕にとっては寝耳に水だった。確かに稽古《けいこ》はきつかった。裸足《はだし》で近くの神社まで走らされたり、そこの何百段もある石段を兎跳《うさぎと》びさせられたり、稽古の後は柔道場の掃除なんかもさせられたのだから。……しかし、そんな部に僕を誘ったのは彼だったのだ。それを僕に断りもなく、勝手に一人だけ辞めてしまうというのは、どう考えても無責任な話である。先輩は僕のところにやってきて、お前は辞めないだろうな、と念を押すし、同期の部員たちは僕を取り囲み、辞めないでくれよ、と懇願するのだった……。

僕はすぐ彼のところへ飛んで行き、事の次第を確認することにした。

「どうして部を辞めたんだ。なんで俺に一言も相談しなかったんだよ」

高原は僕の目を見ずに呟《つぶや》いた。

「俺はやりたいことが他にあるんだよ。お前も辞めたければ辞めればいいじゃないか」

僕は何も言い返せなかった。本当は僕も心の片隅では部を辞めたかったのだ。練習はきつかったし、スポーツ刈りが嫌だった。でも僕には意地があった。そのせいで、僕は部に残る、と言い切ってしまったのである。

そしてその日からあの陰鬱《いんうつ》な戦いの日々が始まるのだった。

放課後、僕たち新入部員が通学路の途中にあるパン屋でジュースを飲んでいると、高原が一人向こうから歩いてきた。彼は僕たちに気がついたが、じっとガンを飛ばすだけで挨拶《あいさつ》をしてこない。こっちも皆彼を睨《にら》み付けている。高原の目は友達を見る目ではなかった。まるでかたきを見るような目になっていた。向こうは一人だったから精一杯つっぱってくるのは仕方なかったが、僕は複雑な気分だった。少なくとも半年間は一緒に汗水流した仲間だったからだ。

そして、僕と高原はそれ以降、どうしようもないほど不仲になっていった。同じクラスだったことも災いした。僕の味方になる奴《やつ》と彼の味方になる奴が現れて、教室の男子生徒が二分したのだった。二つの派閥の争いは翌年のクラス替えの時まで続いた。

僕にとっては憂鬱な半年間だった。最初あんなに彼と仲がよかっただけに、その後のいがみ合いは精神的にも辛《つら》かった。集団生活には、軋轢《あつれき》がつきものなのだろうが、それにしても、毎日が憂鬱でしかたなかった。

彼と久しぶりに会話を交わしたのは二年生の夏休みだった。昇段試験を受けた帰り道、彼とばったり出くわしてしまったのだ。僕が一人だったせいもあって、彼は睨み付けては来なかった。よお、と僕の方から先に自然に声が出た。無視されたらされたでいいという気持ちだった。すると高原も、よお、と言い返してきた。

「頑張っているな」

高原は僕が背負っている柔道着を指さしてそう言ったのだ。

「今日は昇段試験だったんだ」

僕がそう言うと高原はやや驚いた顔をして言ってきた。

「それで、どうだった？」

僕は首を左右に振った。彼はそうかまた次があるさ、と一言呟《つぶや》いた。それ以上の会話はなかったが、何故かその時、僕は彼を許していたのだった。

高校も二年生、三年生と上がっていくうちに、いろいろなことが見えてくる。僕もそうだった。直球しか投げられなかったのが、いつのまにか少し変化球を投げることができるようになっていた。高原を許せたのもそのせいだったかもしれない。

結局僕は三度昇段試験を受けて、あと一人倒せば段が貰《もら》えるというところまで勝ち進んでいながら、二年生の三学期に部を退部することにした。ロックバンドを結成したからだった。そして同期の部員たちに僕はかつて高原がされたのと同じような態度を受けた。

下校の時に、柔道着を着た同期の仲間たちが、僕の横をガンを飛ばしながら走りすぎていくのだった。でも、僕は彼らを憎まなかった。

翌年の春、僕は公会堂でコンサートを開いた。僕の後ろでドラムを叩《たた》いていたのは、あの憎き高原だった。

都会の歩き方

初めての大学受験の時、僕は函館から一人で上京した（生まれは東京だったが、父親の仕事の都合で幼稚園以降はずっと地方を転々としていた）。

地方の学生たちにとって、東京のような大都会へ出ていくということは、受験だけでも大変なことだというのに、それはまた物凄《ものすご》い冒険なのである。飛行機に乗るのも一人だし、ホテルに泊まるのも一人、なんでもかんでも一人でしなくてはならないのだから。受験をする前に神経がすり減ってしまい、当日実力を発揮できない人も大勢いるのである。そして僕もそんな学生の一人だった。

試験当日、僕はおばが拵《こしら》えてくれた弁当を持って出掛けた。僕は、ホテルではなく親戚《しんせき》の家に泊まっていたのだ。今はとても仲がよい親戚だが、その当時は生まれて初めて会う人たちだった。当然、人見知りの僕は、それなりに気をつかってしまうことになった。そんなわけで、前の晩早く床についたにもかかわらず、興奮して眠れず、当日の体調はすぐれなかった。胸焼けがして、頭はぼーっとしっぱなしだったのだ。辛《つら》かったのは生まれて初めて経験したラッシュだった。函館にも、ちんちん電車(市電のこと)なるものがあったが、学校が家から近かったために、僕はそこですらラッシュを経験したことはなかった。それがいきなり東京の、しかも山手線のラッシュである。噂《うわさ》には聞いていたものの、新宿駅のホームに並んだ人の列を見て愕然《がくぜん》としてしまったのだ。こんなに大勢の人たちが果たしてあんなに狭い電車に乗れるものなのだろうか、と。

しかし、それが乗れてしまうのである。僕は一本やり過ごして都会の人たちのお手並みを拝見したのだが、これがまた凄い迫力だった。人間を物のように押し込んでいく駅員といい、それに無表情に従っている人々といい、まるでSF映画を見ているような感じさえした。一見上品なおねえさんが、電車の扉が開いたのと同時に、おじさんたちの背中に体当たりしている姿は、十数年たった今でもはっきりと目に焼きついている。

僕は試験時間も迫っていたし、こんなことぐらいで怯《ひる》んでいては、受験に負けてしまうと心にはっぱをかけて、おねえさんを見習って次の列に飛び込んだのであった。なんとか乗れたものの車内では、足は踏まれっぱなしだったし、前のサラリーマンのポマードは異常に臭かったし、前後左右からのおしくらまんじゅうは、はっきりいって田舎からやってきた少年には堪《こた》えた。電車がブレーキをかけるたびに、車内の人々は斜めになり、僕は爪先《つまさき》でなんとかバランスを保っているものの、足の指の筋は攣《つ》りそうで苦しかった。目的の駅に着いたときも、大声で、降ります、と叫んでいるというのに降ろしてもらえず、隣の駅まで連れていかれてしまったのである。余裕を十分にとって出掛けたというのに、試験会場についた時には、試験が始まる五分前という有様であった。

そういうこともあって、最初のテストが始まって十分もしないうちに、僕は気分が悪くなってしまった。問題を読もうとすると、冷や汗が流れ、吐き気が襲ってくるのだった。そして僕は、白紙の試験用紙を試験官に手渡して、そこを飛び出すことになった。

外気に触れて休んでいたらすぐに気分は直ったが、試験をやり直す気にはなれなかった。行きたかった大学だっただけに、今思い出しても後悔は残る。あの瞬間ほど、東京を憎たらしく思ったことはない。受験に破れたのではなく、東京という街に破れたような気がして仕方なかった。

結局、体調が完全に回復するのを待ってから、僕はそこを離れることにした。そして黙々と駅とは反対の方向に向かって歩き始めたのである。僕は僕をこんな目に遭わせた都会の正体を見極めてやりたかったのだ。そしてそれは僕にとってはよい結果を生むこととなるのだった。

試験という重荷から解放されて、あてもなく歩き始めた僕の視界に広がる東京は、コンクリートジャングルなどとメディアが伝えた一元的なイメージの街ではなかった。太陽もちゃんと地面にぬくぬくと届いていたし、よく見ると人々に笑顔が満ちていた。結局、歩くスピードの問題だったようだ。急がなければ、視界はぐんと広がるものなのだ。

僕はどんどんスピードを落としていき、街の人々の顔をよく見て歩いてみることにした。商店街の八百屋のおばさんは目が合うと微笑《ほほえ》んでくれたし、公園で休んでいた労働者のおじさんは、優しく声をかけてくれた（もっとも僕は怖くてそれには応《こた》えられなかったが）。笑い声も、怒鳴り声も、騒々しいしゃべり声も、聞き方や感じ方によってはとても人間味が溢《あふ》れていた。それは僕にとって大きな発見となった。

受験には失敗したが、僕はその日、街が見えるスピードで歩く、という都会での歩き方をマスターしたのだった。これは、その後ロックミュージシャンとなり、小説まで書き出した僕の、全《すべ》ての創作の基本となるほどの発見であった。

そしてその日、僕は夕方頃に新宿駅に辿《たど》り着くことが出来た。大学からの散歩は、意味のある冒険となった。多くの人に道を聞き、皆ちゃんと親切に僕を導いてくれたのだから。

ラッシュアワーの駅構内は家路を急ぐ人々でごった返していたが、もう怖くはなかった。

忘れられぬ友

先日、新宿で大学の時のサークルの同窓会があった。大学を中退したのが二十二歳くらいのことなので、実に十年振りのことである。僕は映画研究会に所属していた。集まったのは十人くらいで、ほとんどが先輩たちである。中には、当時、俳優部に所属していた大島智子さん（僕より学年は一つ上だが、年齢は多分一緒）がいた。彼女は今やテレビでも大活躍のタレントさんだが、昔とちっとも変わっていなかった（部の中ではマドンナ的な存在で、いつも男の子たちに追いかけ回されていて、もてもてだった）。仲間が頑張っているな、と思うと、こっちも身が引き締まる。彼女以外の先輩たちも映画界では随分と頑張っていて、皆、プロデューサーをしていたり、映画制作をしていたりと出世していた。

ただ残念だったのは、折角の同窓会だというのに、僕と同期の連中が消息不明で集まれなかったということだった。一緒に映画を作った仲間たちは、その後どういう人生を歩んだのだろう。僕は先輩たちとおそくまで飲みながら、ぼんやりと昔のことを思い返していた。

忘れられない一人の男がいた。太という名前だった……。

五月。大学に入ったものの、僕はまだどこのクラブにも所属していなかった。五月病に半分かかっていて、毎日大学と家との往復だけを繰り返していた。文学部に入りたかったのに、何故《なぜ》か経済学部に入ってしまい、最初から新生活に挫《くじ》けていた。どこかのクラブに入部したかったが、迷うばかりで中々絞りきれなかったのだ。

そんな時、僕は大学へ向かう電車の中で一人の男に出会った。頭にはバンダナを巻き、足には下駄《げた》を履いて、しかもなんとハッピを着ているではないか。お祭りがあるわけでもないのにそんな恰好《かっこう》の若い学生が目立たないわけがなかった。しかも何やら難しそうな本を必死で読んでいる。男のそんな姿が僕にはとても新鮮に映った。

彼が読んでいた本のタイトルをこっそり盗み見ると、そこには映画監督の小津安二郎の名が書かれていた。僕はそういうアカデミックな響きに昔から弱かったのである。興味が向かったら、どんどん突き進んでいくのが僕のいいところで、僕は彼が成城学園駅で降りた瞬間には声を掛けていたのである。

「あのー」

男は振り返った。眉毛《まゆげ》が太くてどこか呑気《のんき》な顔をしていた。

「その、君、映画やっているの?」

男は僕の全身を眺めた後、そうだよ、と答えた。声の感じからすると、いい奴《やつ》のようだ。君も映画なんか撮るの? と続けざまに質問すると、勿論《もちろん》、と自信たっぷりの立派な返事が返ってきた。ハッピ姿は伊達《だて》ではなかったのである。

映画を撮っているというだけで、まだ若い僕は彼を尊敬してしまい、大学に着くまでの間ずっと、僕は映画について彼に議論を吹っ掛けてしまった。

彼の名前は太といった。同じ経済学部の学生だった。そして僕はその日のうちに映画研究会に入部してしまうことになるのであった。

あの頃、太は僕にないものを持っていて、常に少し先を走っていた。憧《あこが》れた。だからまだ何になりたいのかもはっきりしていなかった僕は、彼が常に目標となった。

僕は大学に行くのがその日から楽しくなっていった。部室に行くと怪しげな先輩たちが（今や日本映画界のプロデューサーたちでもある）たむろしていて、その中でまだ若い太は、ちゃんと意見を述べたりしていたのだ。僕には全く分からないような専門用語を沢山使って……。

僕が大学時代にもっとも影響を受けたのはこの太であった。いつもハッピを着て、バンダナを頭に巻いて、闊歩《かっぽ》するように狭いキャンパスを歩いている男。

そして僕はと言えば、いつも太に、いい加減な奴だなぁ、と叱《しか》られている存在でもあったのだ。僕は部費を払ったことがなかったし、頼まれごともきちんとやれなかったし、映画の撮影にはいつも遅刻して、シナリオもついには一度も完成させることができなかったのだから。そして僕はよく彼に、もう少し真面目《まじめ》にやらないと皆に迷惑がかかるんだぞ、と説教をされたものだった。僕がプロのミュージシャンを目指して大学を辞めたのは、三年生の時で、太だけが僕に送別会をしてくれた。

「そうか、お前が自分でそういう道を進みたいんなら、それが一番じゃないか」

僕は黙って酒を飲んでいた。自分の中に、ここにいたらいつまでも太を抜けないという焦《あせ》りがあったのかもしれない。僕もスタートしたかったのだ。そのためには、大学を出ていって、社会の中で自分の道を探るしかないと考えていたのである。太という仲間の傍を離れなければ、僕は自分に勝てないと思ったのだった。僅《わず》か二年ほどの付き合いだったが、大学のことを思い返すと、今も真っ先に彼のことが思い出される。

十年振りの同窓会では、結局、太の消息は分からなかった。身体を壊して、地元に戻り商売をしているという説もあったが、定かではない。彼と一緒に撮った青春映画のタイトルさえも今はもう思い出す事ができない。だが僕は今でも、あの頃の太を追い越そうと頑張っている。

まかないの食事

僕は今日までに、沢山のアルバイトを経験した。喫茶店のボーイ、交通量調査、ハンバーガーショップ、新聞配達。そして、大学を辞めた直後に僕が見つけた仕事はジーパン屋の店員だった。その店は新宿のど真ん中、泣く子も黙る歌舞伎町《かぶきちょう》の入口にあった。当時そこは日本一のジーパンの在庫を抱え、店員の数も朝番と夜番を合わせると二十人以上はいる大きな店だった。

そのジーンズショップには、さまざまな若者たちが働いていた。夜学に通う学生や、小劇団の役者、ロッカーのたまご、画学生、エトセトラ・エトセトラ。皆、夢を追いかけている熱き若者たちばかりであった。

僕の持ち場は、ブラックジーンズ・コーナーだった。いまだに僕はブラックジーンズばかりをはいているが、それはやはりあの時代の名残のせいだろう。そのブラックジーンズ・コーナーで、僕は後に、「エコーズ」のメンバーと出会うことになった。僕の人生においてあの店は、社会への入口のような場所だったのかもしれない。ブラックジーンズ・コーナーの前には、のびのびジーンズのコーナーがあり、そこにシンさんはいた。断っておくが、のびのびジーンズというのは、はいたら気分が晴れて、のびのびできるというジーンズのことではない。ジーンズの中にゴムのように伸びる素材が入っていて、屈《かが》んだときにひざ小僧とかが伸びるジーパンのことを言うのである。

シンさんは、そのジーンズショップでは古株で、新人の教育係のような役割をしていた。いびりのシンと陰では呼ばれていて、アルバイトたちに恐れられていたのだ。店が暇になると、僕の傍らまでやってきて、おい、新人、と偉そうにしては、意味もなく、頭を叩《たた》いたり、にやにやした顔で、ばかだなぁ、てめえは、と詰め寄ったりするのだった。

でも、一番嫌だったのは、シンさんに、まかないの食事を食べられてしまうことだった。そう、そこはなんと、今では珍しい「まかないの食事」付きのバイトだったのである。まかないの料理といっても、いつも決まっていて、コロッケか焼き魚が一品に、白ご飯と味噌汁《みそしる》付きという質素なものだったが、お金がなく貧しかったあの時代の僕らにとっては、涙が出るほど有り難いものだった。

しかし、その貴重な食料源を、よく僕はシンさんに横取りされたのである。シンさんは食事の時間になると、僕に、勉強だ、といって仕事をいっぱい押しつけては先にまかない部屋のある最上階へ上がっていき、勝手に僕のまかないの食事を食べてしまうのだった。

僕が仕事を終えて上に上がると、僕のお膳《ぜん》の上のご飯も味噌汁も半分くらいになっていて、しかもおかずは、例えばコロッケだったら三分の一くらい、まるでネズミがかじったようになくなっているのである。しかも歯形まで残して……。

シンさんが犯人だというのはわかってはいたが、僕は新人だったし、文句は言えなかった。僕の食事がいつも誰かに食べられてしまうのですが、と間接的に抗議したこともあるのだが、シンさんは、お前が仕事が遅いから先に食べられてしまうんだ。世の中はな、弱肉強食の世界なんだぞ。沢山食いたかったら、誰よりも仕事ができるようになれ。と鼻で笑うのだった。

僕は、シンさんにそれからもずっとまかないの食事を横取りされ続けるのだった。ひどい時はおかずが全部食べられていたこともあった。あの時は月末で金がなく、朝から何も食べていなかった時だったので、からっぽになっているお膳を見ては、涙がこぼれそうになった。

それからの僕は、仕事の鬼になった。シンさんの言った弱肉強食という言葉は、大学を中退し、社会に飛び出した僕にとっては、最初に身にしみた言葉となった。僕はどんどん仕事をこなし、シンさんから一日も早く馬鹿《ばか》にされないようにと頑張った。ブラックジーンズを売りまくり、気がつくと新宿店でナンバーワンの売上を記録するまでになっていた。売上を伸ばしたコツは、女性客に、ブラックジーンズをはくとさらに足が細く見えますよ、と囁《ささや》いて回ったのが功を奏したのである。そして店長賞を僕が貰《もら》った頃から、シンさんは僕のまかないには手をつけないようになっていた。シンさんと並んで食事をすることができるまでに、僕はその店で自分の立場を確保していったのだった。

その頃の僕のあだ名は、ブラックジーンズに引っかけて「黒パンの辻」だった。そして僕が古株になる頃には、新入りたちから黒パンと言って恐れられるようにまでなっていた。ただし、僕は新入りたちのまかないにまでは手をつけなかったが……。

シンさんが、絵描きの夢に破れて、故郷の網走に帰ることになった最後の日、僕はシンさんと肩を並べてまかないの食事を食べた。僕にとってシンさんは憎むべき人だったわけで、彼が店を辞めるというのは僕にとっては嬉《うれ》しい出来事だったはずなのに、何故《なぜ》か寂しかった。その気持ちを素直に僕が言葉にできないでいると、シンさんは黙って自分の分のコロッケを僕のお皿の上に置くのだった。

あれから僕は今日まで、彼とは一度も会っていない。絵をあきらめて、結婚して家業を継いだという噂《うわさ》は聞いた。網走という北の街で、今頃、彼はどんなジーパンをはいているのだろう。僕は今もスリムのブラックジーンズをはいている。

疎《そ》遠《えん》

友達とは不思議なものだ。何度も経験して、いつも思うことなのだが、友達とは過ぎ去っていく季節のような存在に近い。春、クラス替えがあって、新しい友人たちと出会い、意気投合し、仲良くなっても、夏が過ぎ、秋が来る頃になると、たいてい僕は別の友達と親しくなっている。新しい友達と話をしていると、ふと、教室の隅で別の連中と仲良く話をしているかつての友達の姿が目に止まる。別に喧嘩《けんか》別れをしたわけでもない。嫌いになったわけでもない。なのになんとなくいつもそうなってしまうのだ。あの頃はとても仲が良かったのに、毎日一緒に登下校をしていたのに、いつだって一緒に休み時間を過ごしていたのに、と僕は古い友人たちの横顔を遠くから眺めてはそう思うのだった。

この経験は、小学校の頃から大学を卒業するまで何度もずっと続くことになる。社会に出てからも似たような経験は沢山《たくさん》ある。一時期、毎日のようにつるんでいた友人が、ふっと自分の前から姿を消してしまう現象。大人になってから、よく疎遠《そえん》という言葉を使うようになったが、まさにそのことであった。辞書を引くとこう出ている。『疎遠（そえん）交際・音信が絶えて、親しみが薄れること』なるほど。僕は今日までの間に多くの友達と『疎遠』を繰り返してきたのだ。しかも、原因のない疎遠を。

喧嘩をしたり、何かの原因があって離れていった友人のことはなかなか忘れられないものだったりするのだが、原因のない疎遠、の方はそうはいかない。原因がないのだから、友情の方も自然消滅していくのである。しばらく経《た》ってから、教室の隅の方で、別のクラスメイトたちと仲良くしているかつての友人の姿を見て、「あれ、なんであいつといまは仲良くないんだろう」と思うことは一度や二度のことではない。きっと多くの仲間たちが、それぞれの魅力で自分の前に現れるせいで、僕は知らないうちに、夢中で彼らと遊んでしまい、いつのまにか最初に仲良くなった友達と疎遠状態になってしまうのであろう。

一つい数年前のことである。函館西高時代のブラスバンド部の同窓会が東京であった。代々木の飲み屋に集まった同級生たちは十数人程度で、僕はブラスバンド部ではなかったが、クラスメイトが数人いたせいもあって飛び入り参加することになった。飲み屋では何故《なぜ》か大きく二つのグループに分かれて盛り上がっていた。ふと見ると、隣のテーブルの端にI君がいた。

彼とは高校一年生の頃、同じクラスだったのだ。田舎から来ていた彼は、僕の家のすぐそばに下宿していた。たぶん、家が近かったからこそ、大勢のクラスメイトたちの中にあって僕たちは仲良くなれたのだと思う。毎朝、僕は彼の下宿まで行って、それから一緒に登校したものだった。学校が終わると下宿に寄って、みんなでトランプをしたり、馬鹿《ばか》話に花を咲かせたりして遊んだりもした。I君は、とてもまじめで真《ま》っ直《す》ぐな奴《やつ》だった。

それが僕が柔道部に入部した頃から、彼とは一緒に登校しなくなっていくのである。僕は朝練のために六時には家を出なくてはならなくなり、時間があわなくなったことが原因していた。そのうち彼はブラスバンド部に入部し、一年の夏頃には僕たちはもう疎遠になってしまっていたのである。

三年生になると、彼はラグビー部の連中と喧嘩を繰り返し、決闘のようなことをよくグランドの脇《わき》の方でしていた。I君と誰々が決闘をした、というような噂《うわさ》だけが僕の耳にも風の便りのように届いていた。同じ学校に通っていたのに、だ。

同窓会の席では、しかし僕は彼と話をすることはなかった。彼は僕の存在には気がついていないのか、こちらを見ることは一度もなかった。十年もの歳月が経っていたのだから仕方のないことだった。僕の方も、高校一年生のあの一時期のことをいまさら持ち出すわけにもいかず、声をかけることはしなかった。なんとなく、高校三年生の時のクラスメイトたちと話をしてその日は終わることとなった。

同窓生の一人から電話がかかってきたのは、それから僅《わず》か二カ月ほど後のことである。

「I君が死んだんだってよ」

僕は驚いて、どうして？　と聞き返した。過労死なんだって、とその友人は応《こた》えた。

Ｉ君は東京に出てきてから、ずっとディスカウントショップで働いていたのだそうだ。土曜も日曜もなく毎日遅くまで働いていたらしかった。ある日、出庫の調査をしていたところ、倒れて帰らぬ人となってしまったのだった。

僕は代々木で飲んだ日のことをすぐに思い浮かべていた。その時まだ彼は三十歳にもなっていなかった。早すぎる死である。もしあの時僕が声をかけていたら、彼はあの高校一年生の頃のことを思い出してくれただろうか？　どちらかが勇気を持って声をかけていれば、疎遠はたとえ一瞬だったとしても親密に変わっていたかもしれないのだ。

友情を長持ちさせる方法なんてものがあるのかどうかは分からないが、疎遠にだけはしたくない友達がいまは何人かいる。音信が途絶えないよう、最近僕は時々手紙を書くようにしている。友達は過ぎ去っていく季節のようなものだと最初に言ったが、それはまた必ず巡ってくる季節でもある。

あとがきのような数行。

友達はいない。人を信用できない、と言いつづけて生きてきた僕だったが、大人になって人生をふり返ってみると、そこに大切な人たちが沢山いた、ということに気づかされた。友達って、気がついたらいつのまにか友達になっている、ような存在が一番自然だしすてきだね。今日までこんなわがままな僕を見捨てず支え続けてくれた友達や仲間たちに、この場を借りてありがとう、と言わせてね。ありがとう、ありがとう、がんばるね。がんばるよ。

だから君も！　まけないでね。

二〇〇二年五月

辻　仁成

解説

香山リカ

いわゆる、同世代問題。人は、いつかそれにブチ当たる。

……と勝手に格言口調で言ってみたが、要は「自分と似たような年齢の人が気になるか、ならないか」ということである。

私は長いあいだ、そんなことを気にしたためしがなかった。医者の世界は厳然たる年功序列の世界で、しかも今流行《は や》りの成果主義というか、発表した論文や扱った症例の数でその人の評価が決まってしまうところがある。患者さんから見れば〝いい先生〟でも、医者仲間から見れば「いつまでも外国雑誌に論文のひとつも書けないダメなヤツ」ということもある。

私の場合、医者の世界では明らかにその〝ダメなヤツ〟の部類に属していると思う。どこの病院に就職しても、医局で医者仲間と討論する時間より、ナースステーションの休憩室で看護スタッフとお菓子つまんでワイドショーの話をしている時間が長くなる。入院病棟で若い患者さんたちとプロレスやテレビゲームの話をして日が暮れたりすることも、けっこうあった。〝きちんとした世界〟になじめない人間、それが私なのだ。

そういえばもうひとつ、思い出した。二年間の研修医生活が終わるとき、指導教授がひとりひとりにコメントを述べるという〝儀式〟があった。教授はたいへんに温厚な人柄で知られる人物。研修医へのコメントも、それぞれの長所の指摘が中心だった。「キミは、薬物療法の知識が大変に豊富で、研究のセンスがありますね」「あなたが発表したあの論文は、新人離れしたものでしたよ。今後も学会で活躍してください」など、コメント発表は和やかな雰囲気の中で進んだ……私の番が来るまでは。

私の顔を見ると、それまでにこやかだった教授の表情が一瞬、凍りつき、「う……」と言葉が止まった。なにせ、医局より看護スタッフ休憩室にいた時間が長い私である。あるいは、患者さんと遊んでばかりいて、先輩医師から「ここは病院じゃなくて学園か！」と怒られた私である。教授もどうやってほめていいか、わからなくなったのだろう。

私は必死にことばを探す教授の顔を見るうちに、医者になってはじめて「申し訳ない！　もっとマジメに研修すればよかった！」と思ったが、もうあとの祭り。しかし、そこはさすがに教授、一呼吸おいてこう言ったのだ。「あなたはいつも患者さんに自然体で接し……医局の宴会では、ユニークなコントも披露して楽しませてくれました……」(宴会での寸劇指導なども私の得意分野だったのだ)。ほかの医者たちは必死に笑いをこらえていたが、私は泣きそうになってしまった。「教授、無理してほめてくれてありがとう」という気持ちと、「二年も医者として研修して、結局ほめられたのはコントの腕かい!?」という気持ちとで……。

とまあ、そんな私であるから、同世代の医者仲間に対して、ライバル意識を抱くとか負けじ魂を持つとかいったことは、ほとんどなかった。最初より負けを決めこんでいた、というか、「どうせ直球で勝負してもダメ、なら変化球で行くさ」という感じだったので、ひとりオチコボレてもなんとも思わなかったのだ。この体質は、どうも子どもの頃からのものだったようだ。

たとえば中学のとき、私はクラスでも徹底的にモテなかった。とくに意地悪でも生意気でもなかったはずなのに、とにかく男の子から声をかけられることもない(今、思うと、家でプロレスや少年マンガばかり見ていたのがバレていたのかも)。しかも、自分から好きになるのは、変わった子とか目立たない子ばかりなので、接近しても相手にされないか、気づいてももらえないか。そのうち「まあ、いいや」とすっかりあきらめたのだが、クラスの女友だちは心配してある日、みんなにこう呼びかけた。「今日、放課後、○子（私の本名）がどうしてモテないかを考える会、を開催しませんか？」。

私のために、みんなが知恵をしぼってなぜモテないかを考えてくれる会……。中学生にありがちな場違いな親切というか、大きなお世話というか。私は「や、やめてよ、私はモテなくても気にしてないんだからさ……」と言って、とっとと帰ってしまった。そこでいったい何が話し合われたのかは、結局、聞いていない（その話を最近したら弟が、「いまでも続いてるんじゃないの、その会。『去年も彼女、モテなかったねぇ。では第一五四回例会を開きます』って」と笑ったが）。

さて、そういう〝なるようになるさ〟主義の私とはまったく違って、辻少年はいつだって男の子たちには「負けてたまるか」と思い、女の子には「これが初恋だ！」と胸ときめかせていたようである。小説家や映画監督など、今では文科系のイメージが強い辻さんが、少年の頃はガキ大将で高校では柔道部に入っていた、というのも驚きだ。そうやっていつも、まわりの友だちや大人、そして世界に真正面からかかわりを持ちながら、辻少年は「ロック音楽をやる」「小説家になる」「映画監督になる」という夢、というより信念を自分の中で育ててきた。それもまた、「気づいたらなんとなくこんなふうになってました」という私とは、ぜんぜん違う。

友人や家族、世界や自分の気持ちと真正面からしっかりかかわってきた辻さんの若き時代は、どのエピソードひとつを取っても、輪郭がはっきりしていて色も鮮明だ。今の言い方を使えば、「エッジが立っている」とでも言おうか、ひとつぶひとつぶがキラキラ輝き、個性を主張しているビー玉のようなのだ。

君がいたから僕がいた。その「君」は、読者の「君」であると同時に、ビー玉のような思い出の中にいるひとりひとりの「辻少年」でもあるのだろう。そして、その中のどのひとりも、今の辻仁成を形作るためには欠くことができなかったはずだ。その過去の自分への、そして過去の自分を支えてくれた人間や世界へのいとおしさが、この本の中にはあふれている。

私は、こんな少年時代を送ることができた辻さんを、心からうらやましいと思う。でも、そう思うということは、私にもようやく「同世代の他人を同じ地平で意識する」という気持ちが芽生えた、ということかもしれない。これまで、「他人なんて関係ないさ。うらやましがったって、どうせ私が負けなんだから」と決めこんで、ひとり世界から「いち抜けた」を決めこんでいた私も、こんな年になって「同じ世代の人たちは、どうやって生きてきたのかな？」と気になり出した、ということだ。

あまりに遅すぎた他者意識。でも、それを与えてくれた辻さんに感謝する……。

私も、これからでももう少し積極的にまわりの人や世界にかかわりを持ち、「自分も他人も世界もいとおしい」と思えるようになることができるだろうか？

辻さんに言ったら、何も答えずに「ははは」と笑われそうだ。

でも、その前に「なぜ私がモテないかを考える会」の人に、きいてみなくっちゃ。

「ねぇ、私はどうしてモテない、ってことになったの？　なにか欠点があるのかな？　それ、今からでもなおせるだろうか？」

またまた辻さんに、「ははは」と笑われるだろうか。


（平成十四年五月、精神科医・神戸芸術工科大学助教授）

本書は書き下ろしに、ベネッセ・コーポレーションから発行された「Challenge」の平成六年二月号から七年一月号まで連載された「そこに君はいた。」を加えたものです。

そこに僕はいた
辻　仁成著
初恋の人、喧嘩友達、読書ライバル、硬派の先輩……。永遠にきらめく懐かしい時間が、笑いと涙と熱い思いで綴られた青春エッセイ。

グラスウールの城
辻　仁成著
デジタルサウンドが支配する世界で、自分を見失ったディレクターの心に響く音とは？孤独を抱え癒しを求める青年を描く小説二編。

母なる凪と父なる時化
辻　仁成著
転校先の函館で、僕は自分とそっくりの少年に出会った……。行き場のない思いを抱えた少年の短い夏をみずみずしく描いた青春小説。

ミ　ラ　ク　ル
文・辻　仁成
絵・望月通陽
僕はママを知らない。でも、いつもどこでもママを探しているんだ——。優しい文と絵でかつての子供たちに贈る愛しくせつない物語。

アンチノイズ
辻　仁成著
ある盗聴をきっかけに、ぼくは恋人を疑い始めた——。わかっているのにつかまえられない、都会に潜む声と恋を追い求めた長編小説。

音楽が終わった夜に
辻　仁成著
みんな、革ジャンの下は素肌で生きていた。ロックの輝きに無垢な魂を燃やして……。情熱の日々を等身大に活写する自伝的エッセイ。

辻仁成著

海峡の光

芥川賞受賞

函館の刑務所で看守を務める私の前に現れた受刑者一名。少年の日、私を残酷に苦しめた、あいつだ……。海峡に揺らめく、人生の暗流。

江國香織著

ぼくの小鳥ちゃん

路傍の石文学賞受賞

雪の朝、ぼくの部屋に小鳥ちゃんが舞いこんだ。ぼくの彼女をちょっと意識している小鳥ちゃん。少し切なくて幸福な、冬の日々の物語。

江國香織著

すいかの匂い

バニラアイスの木べらの味、おはじきの音、すいかの匂い。無防備に心に織りこまれてしまった事ども。11人の少女の、夏の記憶の物語。

江國香織著

流しのしたの骨

夜の散歩が習慣の19歳の私と、タイプの違う二人の姉、小さな弟、家族想いの両親。少し奇妙な家族の半年を描く、静かで心地よい物語。

江國香織著

ホリー・ガーデン

果歩と静枝は幼なじみ。二人はいつも一緒だった。30歳を目前にしたいまでも……。対照的な女性二人が織りなす、心洗われる長編小説。

江國香織著

つめたいよるに

愛犬の死の翌日、一人の少年と巡り合った女の子の不思議な一日を描く「デューク」、デビュー作「桃子」など、21編を収録した短編集。

吉本ばなな著

とかげ

私のプロポーズに対して、長い沈黙の後とかげは言った。「秘密があるの」。ゆるやかな癒しの時間が流れる6編のショート・ストーリー。

吉本ばなな他著

中吊り小説

JR東日本電車の中吊りに連載されて話題となった《中吊り小説》が遂に一冊に！　吉本ばななから伊集院静まで、楽しさ溢れる19編。

山田詠美著

放課後の音符《キイノート》

大人でも子供でもないもどかしい時間。まだ、恋の匂いにも揺れる17歳の日々——。放課後にはじまる、甘くせつない8編の恋愛物語。

山田詠美著

ぼくは勉強ができない

勉強よりも、もっと素敵で大切なことがあると思うんだ。退屈な大人になんてなりたくない。17歳の秀美くんが元気溌剌な高校生小説。

湯本香樹実著

夏の庭

—The Friends—

死への興味から、生ける屍のような老人を「観察」し始めた少年たち。いつしか双方の間に、深く不思議な交流が生まれるのだが……。

湯本香樹実著

ポプラの秋

不気味な大家のおばあさんは、ある日私に奇妙な話を持ちかけた——。『夏の庭』で世界中の注目を浴びた著者が贈る文庫書下ろし。

唯川恵著

あなたが欲しい

満ち足りていたはずの日々が、あの日からゆらぎ出した。気づいてはいけない恋。でも、忘れることもできない――静かで激しい恋愛小説。

唯川恵著

夜明け前に会いたい

その恋は不意に訪れた。すれ違って嫌いになりたくて、でも、世界中の誰よりもあなたを失いたくない――純度100％のラブストーリー。

唯川恵著

恋人たちの誤算

愛なんか信じない流実子と、愛がなければ生きられない侑里。それぞれの「幸福」を掴むための闘いが始まった――これはあなたの物語。

唯川恵著

「さよなら」が知ってるたくさんのこと

泣きたいのに、泣けない。ひとりで抱えてるのは、ちょっと辛い――そんな夜、この本はきっとあなたに「大丈夫」をくれるはずです。

おーなり由子著

天使のみつけかた

会いたい人に偶然会えた時。笑いが止まらない時。それは天使のしわざ。あなたのとなりの天使が見つかる本。絵は全て文庫描下ろし。

氷室冴子著

いもうと物語

夢みる少女は冒険がお好き――。昭和四十年代の北海道で、小学校四年生のチヅルが友だちや先生、家族と送る、恋と涙の輝ける日々。

姫野カオルコ著
終業式
高校で同級生だった男女4人組も別々の道を歩みだした。あれから20年——。折々にかわされる手紙だけで綴られた恋愛タペストリー。

姫野カオルコ著
ブスのくせに！
美人じゃないけどかわいいとは？　俳優・タレント・キャラを実例に、美をディープに考察。ヒメノ式「顔ウォッチング」の決定版。

村上春樹著
螢・納屋を焼く・その他の短編
もう戻っては来ないあの時の、まなざし、語らい、想い、そして痛み。静閑なリリシズムと奇妙なユーモア感覚が交錯する短編7作。

村上春樹著
世界の終りとハードボイルド・ワンダーランド
谷崎潤一郎賞受賞（上・下）
老博士が〈私〉の意識の核に組み込んだ、ある思考回路。そこに隠された秘密を巡って同時進行する、幻想世界と冒険活劇の二つの物語。

村上春樹著
神の子どもたちはみな踊る
一九九五年一月、地震はすべてを壊滅させた。そして二月、人々の内なる廃墟が静かに共振する——。深い闇の中に光を放つ六つの物語。

村上春樹著
ねじまき鳥クロニクル
第1部～第3部
'84年の世田谷の路地裏から'38年の満州蒙古国境、駅前のクリーニング店から意識の井戸の底まで、探索の年代記は開始される。

さくらももこ著

そういうふうにできている

ちびまる子ちゃん妊娠!? お腹の中には宇宙生命体=コジコジが!? 期待に違わぬスッタモンダの産前産後を完全実況、大笑い保証付!

さくらももこ著

憧れのまほうつかい

17歳のももこが出会って、大きな影響をうけた絵本作家ル・カイン。憧れの人を訪ねる珍道中を綴った、涙と笑いの桃印エッセイ。

鷺沢萠著

葉桜の日

僕は、ホントは誰なんだろうね？ 熱くせつない問いを胸に留めながら、しなやかに現在《いま》を生きる若者たちを描く気鋭の青春小説集。

鷺沢萠著

ケナリも花、サクラも花

自分に流れる韓国の血を見つめ、作家は厳冬のソウルへと旅立った。濃密な半年間に格闘した「四分の一の祖国」韓国。留学体験奮戦記。

鷺沢萠著

途方もない放課後

サギサワの「告白できない告白」が満載！ 散々笑わせながら、しんみりくる思い出のエピソードも詰まったスーパー・エッセイ集。

鷺沢萠著

過ぐる川、烟る橋

かつて青春を分け合った男ふたり、女ひとり。時を経て、夜の博多で再会した三人は何を得、失ったのか？ 切なく真摯なラブストーリー。

中山可穂著

サグラダ・ファミリア［聖家族］

響子と透子。魂もからだも溶かしあった二人は、新しい〝家族〟のかたちを探し求める――。絶望を超えて再生する愛と命の物語。

梨木香歩著

裏庭

児童文学ファンタジー大賞受賞

荒れはてた洋館の、秘密の裏庭で声を聞いた――教えよう、君に。そして少女の孤独な魂は、冒険へと旅立った。自分に出会うために。

梨木香歩著

西の魔女が死んだ

学校に足が向かなくなった少女が、大好きな祖母から受けた魔女の手ほどき。何事も自分で決めるのが、魔女修行の肝心かなめで……。

梨木香歩著

からくりからくさ

祖母が暮らした古い家。糸を染め、機を織る、静かで、けれどもたしかな実感に満ちた日々。生命を支える新しい絆を心に深く伝える物語。

銀色夏生著

ミタカくんと私

わが家に日常的にいついているミタカと私、ママと弟の平和な日々。起承転結は人にゆずろう……ナミコとミタカのつれづれ恋愛小説。

銀色夏生著

夕方らせん

困ったときは、遠くを見よう。近くばかりを見ていると、迷うことがあるから――静かにきらめく16のストーリー。初めての物語集。

P・オースター
柴田元幸訳

ムーン・パレス

日本翻訳大賞受賞

世界との絆を失った僕は、人生から転落しはじめた……。奇想天外な物語が躍動し、月のイメージが深い余韻を残す絶品の青春小説。

P・オースター
畔柳和代訳

ルル・オン・ザ・ブリッジ

不思議な石に導かれ、孤独な男は若い女を愛した。人生をやり直すために。魔法のような愛に生きる二人を描く、著者初の映画監督作品。

P・ギャリコ
矢川澄子訳

雪のひとひら

愛する相手との出会い、そして別れ。女の一生を、さまよう雪のひとひらに託して描く珠玉のファンタジーを、原マスミの挿画で彩る。

B・クロウ
村上春樹訳

さよならバードランド
—あるジャズ・ミュージシャンの回想—

ジャズの黄金時代、ベース片手にニューヨークを渡り歩いた著者が見た、パーカー、マイルズ、モンクなど「巨人」たちの極楽世界。

N・ホーンビィ
森田義信訳

ハイ・フィデリティ

もうからない中古レコード店を営むロブと、出世街道まっしぐらの女性弁護士ローラ。同棲の危機を迎えたふたりの結末とは……。

N・ホーンビィ
森田義信訳

ぼくのプレミア・ライフ

「なぜなんだ、アーセナル！」と頭を抱えて四半世紀。熱病にとりつかれたサポーターからミリオンセラー作家となった男の魂の記録。

そこに君《きみ》がいた

新潮文庫　つ－17－8

平成十四年七月一日発行

著者　辻《つじ》仁《ひと》成《なり》

発行者　佐藤隆信

発行所　株式会社　新潮社

郵便番号　一六二—八七一一
東京都新宿区矢来町七一
電話　編集部(〇三)三二六六—五四四〇
読者係(〇三)三二六六—五一一一

価格はカバーに表示してあります。

乱丁・落丁本は、ご面倒ですが小社読者係宛ご送付ください。送料小社負担にてお取替えいたします。

印刷・三晃印刷株式会社　製本・加藤製本株式会社

ISBN4-10-136128-2 C0195